神印王座

‹天守之神›

唐家三少 著

哪怕是天谴之神，
也不是最初就想要
毁灭一切！

5月
隆重上市

内容预告： 这是属于九头奇美拉，奥斯汀格里芬的故事。他身为创世神的反面，拥有最强大的毁灭之力，当他在第八次重生后依旧不可避免地长出第九个头时，他的兄弟、伙伴，辉煌与领袖之神印骑士龙皓晨应该怎么办？奥斯汀格里芬究竟是天谴之神还是天守之神，他为什么会存在于世？这本外传将为您讲述。

神印王座

典·藏·版

唐家三少 著

全14册
已全国
上市

手握日月摘星辰，世间无我这般人

"神澜奇域"系列第五部 ✦ 七神珠之圣耀珠闪耀登场

唐家三少 作品

神澜奇域
Shenlanqiyu

Shengyao zhu

圣耀珠

圣徽纠缠·金瞳少女·精神之桥
最终选拔·圣耀世界·灾变战场
黑甲魔兵·元素之纹·光明至上

媲美"斗罗大陆"系列的重磅作品，
揭秘《斗罗大陆 第五部 重生唐三》中提及的法蓝世界！

《神澜奇域 圣耀珠1》内容简介

来自蓝域人族的计嘉羽在遭遇一次惨烈的意外后，成为孤儿，被光明族的审判长带到神圣澄海，加入了圣耀珠的选拔者计划。特殊的圣耀世界开启，计嘉羽被迫进入其中，接受最后的选拔考验。而在圣耀世界中，面对光明至上教派和魔族的重重威胁，计嘉羽绝境求生，上演奇迹。

2022年4月上市！敬请关注！

暴戾的阿呆

唐家三少 著

典藏版
1

黄河出版传媒集团
阳光出版社

图书在版编目（CIP）数据

善良的阿呆：典藏版. 1 / 唐家三少著. —— 银川：
阳光出版社，2021.7（2022.6重印）
 ISBN 978-7-5525-6012-1

Ⅰ.①善… Ⅱ.①唐… Ⅲ.①长篇小说 – 中国 – 当代
Ⅳ.①I247.5

中国版本图书馆CIP数据核字(2021)第134622号

SHANLIANG DE ADAI DIANCANG BAN 1

善良的阿呆 典藏版1

唐家三少 著

责任编辑　李媛媛　丁丽萍
装帧设计　陈秋含　周艳芳
责任印制　岳建宁

黄河出版传媒集团
阳 光 出 版 社　出版发行

出 版 人　薛文斌
地　　址　宁夏银川市北京东路139号出版大厦 （750001）
网　　址　http：//www.ygchbs.com
网上书店　http：//shop129132959.taobao.com
电子信箱　yangguangchubanshe@163.com
邮购电话　0951-5014139
经　　销　全国新华书店
印刷装订　湖南天闻新华印务有限公司
印刷委托书号　 （宁）0023890

开　　本　710 mm×1000 mm　1/16
印　　张　16
字　　数　163千字
版　　次　2021年7月第1版
印　　次　2022年6月第3次印刷
书　　号　ISBN 978-7-5525-6012-1
定　　价　34.80元

目 录

CONTENTS

自序
阿呆，别叫了！

《善良的阿呆》（原名《善良的死神》）这部作品，是我在二〇〇五年写的，是我的第三部作品，也是我第一部以第三人称写的作品，更是最能感动我自己的一部作品。

现在我经常参加一些线下活动，采访、访谈更是很多。他们经常会问我一个问题：创作的灵感来源于何处？

我的回答是：来源于生活。

没错，哪怕是玄幻小说，灵感同样来源于生活。想象也是建立在现实的基础上。《善良的阿呆》经常被我拿作例子讲出来。

《善良的阿呆》这部作品的灵感是在我一次看电影的过程中，看到的四个字：雌雄大盗。

听起来是不是和这部作品没有什么关系？

作家的想象力往往是很丰富的，就是"雌雄大盗"这简单的四个字给了我很多想象空间。当时我就想，我能否写一个佣兵团，是由一男一女两个人组成的，有点像雌雄大盗那种意思呢？

那如何来吸引读者的心呢？

这两个人一定要各有特点才行，而且特点要很鲜明，要有冲击力，彼此碰撞之下才会产生特殊的效果。

于是，我就想到了天使与恶魔。

这是两个截然相反的、对立的存在，如果写这样一对组合，会很容易吸引读者吧。因此，当时我初步给这部作品定名为《天恶》。

我当然不会去写真正的天使和恶魔，而是写像这两种存在的人类。继续联想下去，我就想到要写一个和恶魔有关的男主角，一个和天使有关的女主角。

或许是因为我内心善良吧，恶毒的主角我是写不出来的，而且我也不想写那样的主角污染读者们纯真的心灵。所以，那就写一个善良的恶魔吧。于是就有了《善良的阿呆》的主角阿呆的雏形。

一个善良有些"痴呆"的小孩儿，一个从寒冷小城走出来的可怜孩子，却在无意中掌握了属于冥王的力量。

而女主呢？我就想，两人的差距一定要大，这样才能更有对比性，也更容易碰撞出火花。于是就有了玄月，廷主的孙女，一个高贵宛如天使般空灵、美丽的女孩儿。

一个是孤儿，天生有些"痴呆"的男孩儿，一个是廷主的孙女，集万千宠爱于一身的女孩儿，他们之间会有怎样的火花和故事呢？

这就是我当初最简单的故事主线和人物设定。

为什么说这部作品是最让我感动的呢？

因为，这是唯一一部我在写作过程中把自己写哭的作品。

我是一个男人，泪点更是极高，能让我哭出来真的不容易。

在写这部作品的时候，我还在母亲的办公室帮她打理一些工作，利用的是闲暇时间。我一直都会说，想要让读者感动就一定要先感动自己。唯有如此，才能让读者跟着自己的心潸然泪下。

我爱书里的阿呆，他是我认为刻画最成功的男主角之一。

他是那么善良。我相信至少有百分之八十的读者在看完我这部作品之后会哭，但是，最后你们肯定会露出一丝满足的微笑。

当时写这部作品的时候，我专注到了废寝忘食的程度。记得母亲办公室里养了一条小狗，那天我在写书，它突然叫了起来，于是，我很愤怒地回头喊了一声："阿呆，别叫了！"

不知道我们那位善良的死神如果听到这样的话，会不会生气。

直到现在，如果让我推荐我的一部早期作品，我依旧会选择《善良的阿呆》。那会儿我还很年轻，也最为专注，虽然可能写作能力不如现在这样成熟，但是那会儿的创作更多地融入了我自己的感情。我会完全将自己代入到故事中，仿佛我就是那个令人心疼、令人感动的阿呆。

感谢中南天使（湖南）文化传媒有限公司让我们《善良的阿呆》再次出版，我相信，看过这部作品之后，阿呆将永远在你们心中留下一个不可磨灭的印记。

我爱你们，每一位支持着老三的读者。

唐家三少

第1章
寒冷小城

天元大陆上有四个国家，分别是北方的天金帝国，南方的华盛帝国，西方的落日帝国和东方的索域联邦。

在四个国家的中央，一块和四国接壤且面积不大，呈六角形的土地上，就矗立着天元大陆上最著名的神圣廷。

四个国家之中，除落日帝国和华盛帝国的关系不好以外，其他国家之间倒是可以和平相处。每年，每个国家都要向神圣廷上缴一笔"保护费"，来支撑神圣廷的开销。

天金帝国的人几乎都有着高大的身材，金发碧眼，而落日帝国和华盛帝国的人，则拥有黑发和黑眸。

天元大陆上唯一的联邦体制国家索域联邦的人口比较复杂，各色人都有，许多异族也都生活在索域联邦境内。

若单论综合实力，由六个族群组成的索域联邦最强大，另外三个国家的实力则都差不多。

天元大陆上除了主要居住着人类以外，还有一些数量稀少的族类，如善良的精灵族，脾气暴躁的矮人族，能歌善舞的翼人族，只生存于密林之中的半兽人族以及最神秘的暗魔族和传说中的龙族。

这些和人类相比数量稀少的族类分散于各国之间，千百年以来，一直和人类和平共处着。但由于生活习惯不同，异族一般都生活在人烟稀少的山谷或森林，很少会与人类接触。

神圣廷虽然在天元大陆上只占据很小的一块地方，但是拥有着至高无上的地位。除了极少数的无神论者以外，几乎所有的人类都是神圣廷忠诚的信徒。

廷职人员是最受尊敬的。在神圣廷中，拥有最高权威的就是廷主，廷主的晋升非常严格。廷主之下，设有四大红衣廷司，协助廷主处理神圣廷的事务，他们也被称为红衣主廷司。

红衣廷司之下是十二名白衣廷司。当超过半数的红衣廷司和白衣廷司认为廷主出现了什么重大错误时，可以弹劾廷主，但自神圣廷诞生以来，还没有出现过弹劾廷主的情况。

白衣廷司之下还设有高级廷司、中级廷司、普通廷司和预备廷司。虽然神圣廷中的廷职人员不忌婚娶，但是结合的对象必须是神圣廷忠诚的信徒。

廷职人员之所以受到尊敬还有另外一个原因，那就是他们都是光系魔法师。

他们若想晋升为白衣廷司这一职位，就必须达到光系魔导士以上的水准，而天元大陆上魔导士的数量从来没有超过三位数。

红衣廷司的实力则更加深不可测，曾经有传言称，如果神圣廷的四大红衣廷司和十二位白衣廷司同时出手，其光明魔法的威力相当于任何一个国家的全部武力。

廷主一般都是从红衣廷司中甄选出来的，需要经过极为严格的选拔程序。在选出新的廷主后，老廷主会举行一个传承仪式，将神圣廷至高无上的特殊能力传授给下一任廷主。廷主到底拥有多么恐怖的实力，谁也没见过，因为近千年以来，从来没有出现过需要廷主出手的情况。

神圣廷处理对外的事务一般都由审鉴所的执行廷司监督。

审鉴所的审鉴长具有和红衣廷司同等的权力，审鉴长手下的审鉴人员也被称为是神圣廷的刽子手，他们是廷神最忠诚的信仰者，在处理异廷徒的问题上，从来都只有一个字——杀。和正统的廷职人员不同，审鉴所的所有成员完全由审鉴长掌控，审鉴长直接向廷主负责。

天元大陆上统一流通的货币，是由神圣廷定做的钱币，上面雕刻着神圣廷徽章。钱币采取十进制的兑换方式，一钻石币相当于十紫晶币或一百金币，或一千银币，或一万铜币。

普通家庭一年的收入一般是五十个金币左右，而维持一个家庭一年的生计，大约需要三十个金币。

四个国家各有自己通用的语言，而在各国的一些大城市，一般都使用神圣廷语。

我们的故事，就是从天元大陆北方的天金帝国，比尔诺行省中的小城尼诺开始的。

尼诺城位于天金帝国比尔诺行省的最北边，这里属于天元大陆的极北范围，昼短夜长，常年天气寒冷。

这里的人们大多靠在小城旁的冰海里打鱼为生。冰海上常年有移动的冰山漂浮着，那里盛产海豹和海狮，它们的皮毛深受贵族们的喜欢。

天空中的阴云缓慢地飘浮着，似乎又要带来一场风雪。

尼诺城一条阴暗的小巷中，几个穿着破棉袄的人围在一起。其中一名额头上有一道刀疤的中年人，正怒视着眼前一名有着黑发和黑眸，看起来只有十二三岁的小女孩。

小女孩体形消瘦，脸色蜡黄，半长的头发遮住了鼻子以上的部位，看不清全貌。她因为衣着单薄而全身瑟瑟发抖，黑发下，一双明亮的大眼睛惊恐地看着中年人。

"啪！"

中年人一巴掌将小女孩打倒在地，怒骂道："你这个死丫头，笨死你得了！这么简单的任务都完不成，如果不是阿呆把你拉回来，你还要向那个老太太赔不是呢?！我当初真是瞎了眼，怎么会收留你这个废物？一天到晚就知道吃饭，什么也不会干！"

中年人身旁一个比小女孩高一点儿的男孩上前将她扶了起来，小心地替她擦掉嘴角的血丝，随后朝中年人呆呆地说道："黎叔，您就再原谅丫头一次吧，我……我待会儿再去牵几条鱼回来。"

黎叔冷哼一声，看着同样是黑发和黑眸，一脸呆样的男孩，语气缓和了一些，道："阿呆，每回你都替她求情，就你牵回来的那几条鱼，够大家吃饭吗？在我这里，没有人能不劳而获！丫头，今天我看在阿呆的分上，就再放过你一次，若是再有下次……哼，咱们走！"

说着，黎叔带着另外几个岁数不大的孩子向外面走去，还没走到巷子口，他又回过头来，和颜悦色地冲阿呆道："阿呆，别忘了你刚才说的话，最好牵几条大鱼，知道吗？"

阿呆愣愣地点了点头，黎叔这才离开。

这是生活在尼诺城中最底层的一群人，平时靠偷一些东西来维持生计，算不上凶神恶煞的强盗。

黎叔口中所谓的"牵鱼"，其实就是偷东西，而黎叔是这群人的头儿。他手下一共有十几个孩子，全都是他从大街上捡回来的孤儿，丫头是女孩。在这些孩子中，这个叫阿呆的男孩"最能干"。

当初，黎叔就是看上了阿呆那双灵巧的小手才收留他的。阿呆一直都是愣头愣脑的样子，有时话都说不利落，问他叫什么也不知道，脑子似乎不太好使，所以大家都叫他阿呆。

阿呆虽然笨，但很执着。经过黎叔几个月的"教导"，他终于记住了顺手牵羊这一招，而且已经将这一招练到了炉火纯青的地步。为了练习出手的速度，他甚至在寒冷的大街上用手指戳地上的雪花，雪花沾得越少，就证明他出手的速度越快。这个办法虽然笨，但效果很好，通过反复练习，阿呆具备了牵鱼的能力。

最让黎叔开心的是阿呆傻傻的，根本就不知道什么叫偷，也不明白牵鱼其实是坏事，只要给他馒头吃，他一定会按照吩咐去做。

走在大街上，谁也不会去注意一个长相不出众，眼神呆滞的孩子，但是往往就是擦肩的工夫，路人的钱袋就已经到了阿呆手中。

黎叔第一次看到阿呆手中鼓鼓囊囊的钱袋时，惊得张大了嘴。从那以后，阿呆成了这群孩子中最受黎叔"宠爱"的人，他每天最起码都能吃到一两个冷馒头，其他伙伴羡慕得不得了。

阿呆虽然有些傻，但为人很好。他往往在自己吃不饱的情况下，还将食物分给其他孩子。可是，那些同伴并没有因为他的善良而感激他，反而经常捉弄他，甚至抢他的食物。

丫头是黎叔一年以前从街头捡回来的。听丫头自己说，她从记事以来，就一直跟着一位老奶奶，生活虽然艰苦，但也吃得饱，穿得暖。

一年多以前，那位老奶奶老死了，丫头也就没了生活来源，只得靠乞讨勉强度日。

黎叔之所以收下丫头，是因为看上了丫头，不，是看上了那位老奶奶留给丫头的破屋子。在寒冷的尼诺城，又有什么是比遮风避雪的房屋更好的呢？

丫头和阿呆正好相反，她学什么都学得非常快，黎叔的那些"本领"，不到一个月就全被她掌握了。

可是，丫头也是唯一一个至今没有牵到鱼的孩子。并不是因为她技术不行，而是因为她实在太善良了。她有几次本来已经得手了，但一看到失主焦急的神情，她就又忍不住送了回去。为此，她不知道挨了多少打，而每次阿呆都为她扛了下来。

这两个孩子也自然成了好朋友，他们在这群孩子中是很显眼的，因为只有他们俩是黄种人，可能也就是这个原因，才让阿呆与丫头相互之间产生了深厚的友谊。

今天，丫头又因为将到手的东西还给了那位焦急的老妇人而遭到了黎叔的责打。

黎叔的身影终于消失在了小巷的尽头，丫头猛地扑入阿呆的怀中，随后放声痛哭。

阿呆愣愣地看着怀中瘦小的丫头，小心地拍了拍她的肩膀，道："丫头，别……别哭了。很疼是不是？"

半晌，丫头的哭声渐渐变小，她抬起冻得通红的小脸，看着面前的男孩，泪眼婆娑地说道："阿呆哥哥，活着真的好痛苦啊！"

阿呆显然没有明白丫头这句话的意思，他从怀中掏出半个硬得像石头一样的馒头，愣愣地说道："丫头，给你吃，吃饱了就不痛苦了。"

丫头看着眼前这个傻愣愣而又十分真诚的男孩，将馒头接了过来，抽泣了几声，道："阿呆哥哥，你为什么对我这么好？"

阿呆拉着丫头坐到角落里，和丫头依偎在一起，将自己身上的破棉袄脱下来，披在两人的肩膀上，憨憨地说道："我有对你好吗？快吃馒头吧，吃了馒头就不冷了。我待会儿还要去牵鱼呢。"

说着，他眼巴巴地看着丫头手里那半个馒头。

丫头看着阿呆憨厚的面容，不禁有些走神了。她双手一用力，将那半个馒头一分为二，递给阿呆一半。

阿呆咽了一下口水，道："我……我不饿，你自己吃吧。"

丫头将馒头塞到阿呆手中，道："我胃小，吃不了那么多，咱们一起吃吧。"说着，她双手捧着自己的那一块馒头，用力地咬了一口。

阿呆应了一声，立即狼吞虎咽起来，由于吃得太快，一不小心噎住了："啊……呜……"

丫头看着阿呆憋得满脸通红的样子，不由得轻笑一声，一边帮他拍着背，一边从地上抓了一把积雪塞入他口中。

阿呆努力地将口中的积雪化为水，费了半天劲才将嗓子中的干馒头咽下去，然后长出一口气，拍拍自己的胸口，对丫头道："谢谢你啊！"

半晌，丫头也吃完了自己手中的馒头，突然冲阿呆道："阿呆哥哥，等我长大以后，就嫁给你，好不好？"

阿呆一愣，努力想着"嫁"这个字的含义，半天才支支吾吾地问道："什么叫嫁？"

丫头暗叹一声，道："嫁，就是我要做你的老婆，照顾你一辈子啊！我就当你答应了，不许反悔哟，从现在开始，我丫头就是你阿呆的未婚妻了，以后你可要好好对我。"

阿呆点了点头，道："未婚妻？哦，好吧，那我每天多分你一点馒头吧。"

丫头白了他一眼，对阿呆的回应有些无语。

良久，丫头身上已经暖和了许多，她将棉袄重新披在阿呆身上，冲他道："阿呆哥哥，你快去牵鱼吧，要不然黎叔又要骂你了。我、我跟你一起去。"

阿呆点了点头，扶着丫头站起来，问道："丫头，为什么你的牵鱼技术比我好，却每回都把鱼还给人家呢？"

丫头叹息一声，道："阿呆哥哥，难道你不知道偷人家的东西是不对的吗？"

阿呆摇了摇头，道："可是……可是如果不牵鱼的话，我们就要挨饿啊！"

丫头知道自己和这个傻呵呵的家伙解释不清，索性不说了，拉着阿呆走出了巷子，朝尼诺城最繁华的地段走去，因为只有在那里，才会有好的下手对象。丫头暗暗决定今天说什么也要帮阿呆多牵几条鱼回去，以报答他对自己的好。

他们刚走出去没多远，背后突然传来一声呼唤："小姑娘，你站住。"

阿呆一惊，和丫头同时转身。

他们面前出现了一辆华丽的马车，马车的小窗上露出一张老妇人的脸。丫头认得那个老妇人，正是今天她交还钱袋的人。

"小姑娘，真的是你啊！"那名老妇人脸上露出惊喜的笑容。

随后马车的门帘被挑起，在仆人的帮助下，老妇人从马车上走了下来。她衣着华贵，那是用阿呆和丫头无法想象到的名贵布料做成的，外面还罩着一件水貂皮的披肩。

丫头有些怯怯地问道："您……您有什么事吗？"

阿呆以为这名老妇人要找丫头麻烦，连忙将丫头挡在自己身后，戒备地看着面前的老妇人。

老妇人笑眯眯地说道："孩子们，别害怕。小姑娘，刚才你将钱袋还给了我，我还没有谢谢你呢。这么冷的天，你怎么穿得如此单薄？"

丫头摇了摇头，道："您不用谢谢我，您的钱袋，本来就是我偷的。"

阿呆吓了一跳，他虽然笨，但也很清楚被牵鱼的对象抓到会是什么下场，连忙捂住丫头的嘴，道："丫头，你别乱讲。"

老妇人并没有像阿呆想象中那样命令自己的仆人去打丫头，而是依旧笑眯眯地道："那你又为何将钱袋还给我呢？"

丫头拉开阿呆的手，鼓足勇气道："我……我看您很着急的样子，就还给您了。您别难为他，要打就打我吧。"

老妇人微微一笑，道："嗯，你果然是个诚实善良的好孩子。我知道，你偷东西一定不是自己愿意的，对吧？你的父母呢？"

丫头眼圈一红，道："我没有父母，我是个孤儿。"

老妇人皱了皱眉头，叹息道："像你这样的好孩子，是不应该待在这里受苦的。来，过来，让奶奶看看。"说着，她向丫头招了招手。

阿呆怕丫头吃亏，赶忙道："别去，丫头，咱们赶快走吧。"

丫头并没有听阿呆的劝阻，她隐隐有种感觉，也许面前的这位老妇人会改变自己的一生。她低着头走到老妇人面前，有些颤抖地站在那里。

老妇人捧起丫头脏脏的小脸，将她散乱的头发理到耳后，从自己怀中掏出一块洁白的手绢在她脸上擦了擦，点了点头道："孩子，你一定吃了不少苦吧，你愿意跟奶奶走吗？奶奶可以提供给你很好的生活，让你接受正常的教育。"

丫头的大眼睛一亮，她扭头向阿呆看去，阿呆显得有些焦急，愣愣地站在原地不动。

"怎么？孩子，你不愿意跟我走吗？我的丈夫是云母行省的总督，而且那里是帝国和神圣廷接壤的地方，四季如春，这里实在是太冷了。"

丫头回过头来看了看老妇人身上华丽而光鲜的装束，试探着问道："奶奶，您能带我这位哥哥一起走吗？"

老妇人看向阿呆，阿呆正好在用手擦鼻孔中流下来的两条黄鼻涕，一副傻傻的样子。

嫌恶的眼神在老妇人眼底一闪而过，她摇了摇头，道："不行，他刚才试图欺骗我，不是一个诚实的孩子，我只能带你一个人走。你赶快做决定吧，这里真的很冷。"

丫头犹豫了一下，看了看眼前的马车和老妇人，又看了看寒酸的阿呆，毅然点头道："好吧，我跟您走。"

老妇人满意地微笑着道："嗯，这才是个乖巧的好孩子。那走吧，咱们先上马车，再找个地方帮你换身衣服，你穿这么少，会冻坏的。"

丫头道："奶奶，您等我一下。"说着，她转身快步跑到阿呆面前，"阿呆哥哥，我要走了，别怪丫头，好吗？我实在不想再过这种受饿挨骂的生活了。阿呆哥哥，我们刚才的话你要记得，等我长大了，一定会回来找你的。"

阿呆道："丫头，你真的要走吗？黎叔知道了，会打你的。"

两行泪水从丫头的眼中滑落，她哽咽道："阿呆哥哥，你放心吧，以后他再也没有机会打我了。我要走了，你要记得我们刚才说过的话。有机会，你也离开黎叔吧，他不是个好人。你也别再做小偷了。"

丫头说完，还没等阿呆问不做小偷怎么有馒头吃，就已经转身跑向老妇人。老妇人率先上了马车，在仆人的帮助下，丫头也坐上了那辆看上去温暖而华丽的马车。在车帘放下之前，丫头又看了阿呆一眼，似乎是想永远记住他的容貌。

马车绝尘而去，只留下阿呆愣愣地站在原地，看着远去的马车，阿呆心底产生了一种淡淡的失落感。对阿呆而言，在他心中，丫头是唯一比馒头重要的人。

"啪——"

黎叔一手打掉阿呆手中的几个小钱袋，骂道："你是傻瓜呀，你就眼看着丫头跟人走了？废物！这死丫头浪费老子这么多粮食，还没回报老子就跑了，气死我了！真是气死我了！"

黎叔一脚将阿呆踹倒在地，不停地在不大的木屋中来回踱步。

阿呆痛苦地蜷缩在地上，抽泣着道："不是我让她走的，是她自己要走的。"

黎叔此时还在气头上，听了阿呆的话更生气了，用力地踢了阿呆几脚，怒骂道："她要走你就让她走啊！傻死你得了。让你傻，让你傻！"

惨叫声不断从阿呆口中传来，旁边的孩子们都幸灾乐祸地看着眼前的一切，没有一人上前劝阻。

半晌，黎叔的气消了许多，他这才想起阿呆是自己的主要收入来源，要是打残了，上哪儿去找这么听话的手下？

黎叔气哼哼地捡起地上的钱袋，瞪着阿呆道："以后给我学机灵点！"

说完他便走了出去，孩子们都知道他是去喝酒了。

阿呆全身都疼，独自缩在角落里。他怎么也想不通，明明不关自己的事，为什么黎叔要打他。丫头临走时说的话也始终在他的脑海中挥之不去。

其他的孩子吃着黎叔不知道从哪个饭馆弄来的残羹剩饭，嬉笑着聊着自己一天的经历。

当阿呆想起自己一天还什么都没有吃时，那些残羹剩饭早已连渣都没有了。他心头仿佛被什么压着，对丫头的思念也越来越强烈。丫头说得对，活着真的好痛苦啊！

第二天一早，黎叔大发慈悲地扔给阿呆一个馒头，阿呆狼吞虎咽地吃完后，又被派出去开始了一天的牵鱼行动。

天上零星飘落的雪花给路人带来了丝丝寒意。

阿呆在路上缓慢地走着，他心想：什么时候能再出现一位老妇人将自己也带走就好了。自己要是餐餐能吃饱就已经很满足了。丫头不知道怎么样了，丫头和那位老妇人走了，是不是每天都有馒头吃呢？

阿呆正想着，突然看到前面有一个衣着奇怪的人。他之所以觉得奇怪，是因为那个人完全笼罩在一件大斗篷中，从外面根本看不到样貌。斗篷下似乎有一个鼓鼓的钱袋在晃悠着，他决定，今天就以这个人为自己的第一个目标了。

阿呆一边想着，一边悄悄地跟了上去，顺手从腰带上摸出一把锋利的小刀片，等待着下手的机会。

阿呆能够经常成功地牵到鱼，和他的性格有关系，每当他决定了猎物时，就一定会跟紧对方，直到自己得手为止。

阿呆一路跟着，那个穿着斗篷的人走进了一家豪华的饭馆。饭馆从外面看金碧辉煌的，房顶都是用琉璃瓦铺成的。

阿呆心想：能到这里吃饭，他的钱袋中一定有不少钱。想到这里，阿呆不由得暗暗开心起来。如果能多牵些鱼回去，说不定黎叔会让自己饱餐一顿馒头呢。

阿呆蹲到饭馆门口旁的角落里，耐心地等待着。

"去，去，去，哪儿来的小乞丐，一边待着去！"饭馆的门童踢了阿呆一脚，嫌恶地看着他说道。

阿呆早已见惯了这种势利的门童，连忙点头哈腰地跑远了一些，找了一处能够遮挡风雪的阴暗角落才再次蹲下来。

阿呆把玩着手中锋利的小刀片，耐心地等待着，他一点都不着急。吃饭嘛，吃完总是要出来的。

足足一个小时过去了，终于，那个穿着斗篷的人走出来了。令阿呆兴奋不已的是，那个人是正面向他走来的，而正面是最好下手的了。

阿呆连忙站了起来，稳住自己的心神，迎面朝那人走去。

那人很高，阿呆的身高只到他的肚子，两人之间的距离在不断拉近，阿呆用夹有刀片的手挠着自己的头发，就在两人相距一米之时，阿呆脚下一个趔趄，和那人撞了一下。

阿呆顿时感觉自己好像撞上了一面铁板，全身说不出的疼痛，他无意间抬起头，正好看到了那个人的容貌。那是一副苍老的容颜，脸上有着无数细密的皱纹，看上去有七八十岁了。

"对不起，对不起，我不是故意的。"阿呆连忙道歉。

老人只是冷哼了一声，并没有说话，依旧向前走去，似乎并不知道自己的斗篷已经被割开了一道缝隙，腰间的钱袋不见了。

阿呆看着对方并没有为难自己，立即向前跑去，一不小心，踩到了地上的积雪，摔了个四脚朝天，昨天被黎叔毒打的伤口再次受创，他不停地在地上抽搐。但即便如此，也难掩阿呆心中的兴奋，在钱袋到手时，他就发现钱袋很重，即使里面完全是铜币，也足够今天交差了。

阿呆摇晃着身子爬起来，飞快跑到一条小巷中，扭头看到并没有人追上来，不由得松了一口气，拍了拍自己的胸口，坐下来。但是，阿呆不知道的是，他行窃的对象从事的是天元大陆上特殊的职业——炼金术士。

　　天元大陆上最崇高的职业就是廷职人员，除了廷职人员以外，各国还有几种凌驾于普通劳动者之上的职业，这几种职业分别形成了各自的公会，组成了天元大陆上几股特殊的势力。

　　佣兵公会，人数最多的公会。所谓佣兵，其实就是应雇主要求，去执行一些特殊的任务的人。他们根据任务难度的不同，会得到高低不等的报酬，而分散于各地的佣兵公会分会就是他们接任务最理想的地方。

　　当然，佣兵公会并不是白白为佣兵服务的，他们会根据任务难度的不同而收取一定的费用。由佣兵组成的队伍被称为佣兵团，一些非常困难的任务，雇主一般都喜欢找实力强大的佣兵团去执行，即使支付高昂的费用也在所不惜。

　　佣兵和佣兵团都分六个等级，最低级别是四级佣兵或四级佣兵团，以此类推，向上是三级佣兵、二级佣兵、一级佣兵、特级佣兵和最高等级别的超级佣兵。由于佣兵和佣兵团的数量众多，所以，想提升一个等级是非常困难的。

　　不同等级的佣兵都会由佣兵公会颁发不同的徽章，在佣兵公会中，等级高的佣兵或佣兵团是非常受等级低于自己的同行尊敬的。

魔法师公会，其成员魔法师在天元大陆上是仅次于廷职人员的职业。由于修炼魔法对身体素质有极高的要求，所以魔法师的数量极少。其中那些修炼光系魔法的魔法师，又都几乎被神圣廷收编，就更显出魔法师的珍贵。他们往往被高薪聘请于军队当中，几乎所有中级以上的魔法师都会被所在的国家封为贵族。所以，魔法师这个职业也是普通平民最向往的，它代表着名誉和权力。

魔法师分为初级魔法师、中级魔法师、高级魔法师、大魔法师、魔导士和魔导师。由于国家补贴是他们的主要经济来源，所以魔法师一般都会到魔法师公会取得和自己等级相应的徽章，以领取对应的报酬。当然，取得徽章是需要通过魔法师公会考核的。魔法师公会也是唯一一个不需要为其付出就给钱的公会。

炼金术士公会，人数虽然不多，但是在各国非常受尊敬。各国的炼金术士公会往往会被国家收买，因为炼金术士炼制成的武器要比铁匠打的好得多，是高级军队的最佳选择。天金帝国之所以得名，就是因为他们拥有四国中最大的炼金术士公会。

炼金术士其实属于魔法师的旁支，他们大多擅长火系魔法，他们比魔法师强的地方就是认识各种矿物和药物。强大的炼金术士往往能锻造出高级神兵，这些神兵的价值几乎不可估量，深受各国王室，甚至是神圣廷的喜爱。炼金术士也是所有职业中除了杀手以外，最富有的一类人。

炼金术士分为见习、初级、中级、高级、特级和大师级。炼金术士虽然也有各国通用的等级徽章，但是高等级的炼金术士往往不屑于领取。

杀手公会，人数最少，也是天元大陆上最神秘的公会，有人称他们为"杀手集团"。杀手公会中的人员数量虽然不多，但是他们人人都有很强的能力，他们通过一些地下渠道来接受杀人任务，以此收取高昂的佣金。

杀手公会的组织极其严密，想加入其中只有两个途径：一是经过种种艰难的考验，二是每年杀手公会会公布一个非常艰巨的任务，只要有人能完成这个任务，就会被杀手公会吸纳为会员。当然，这个任务的困难程度绝对比那些艰难的考验要困难得多，有时可能会为此付出性命。人类之间的钩心斗角和权力纷争，致使这个普通人群谈虎色变的公会始终能够生存于天元大陆上。

杀手公会中的杀手也有明显的等级区分，从低到高分为刺客、暗杀者、忍杀者和灭杀者。这些杀手由杀手公会统一管理，其身份都极为隐秘，不被外人所知。他们不属于任何一个国家，人数也从没有超过百人，却是一股相当可怕的力量。另外，值得一提的是，杀手中很少有魔法师。

盗贼公会，说白了就是高级小偷的集中营，有些贵族为了得到自己想要的贵重物品，会雇公会的盗贼去偷取。盗贼公会并不是每个小偷都能加入的，它对成员的要求虽然没有杀手公会那么严格，但也需要通过种种考核，盗贼公会只吸纳那些素质好和专业技能高超的盗贼。

盗贼的等级从低到高分为盗贼、高级盗贼和获取者。一般能达到获取者水平的盗贼，要多次成功盗取过价值连城的珍宝才能得此称号，他们也是大多数贵族最害怕的一群人。

盗贼公会有一条极其严格的规定，那就是绝对不允许杀人。也正是因为如此，他们并没有被各国的军队完全剿灭。为了能更好地完成雇主交代的任务，盗贼公会的消息十分灵通。和杀手公会一样，盗贼公会也属于天元大陆上的阴暗势力。

阿呆掏出沉甸甸的钱袋，心中十分喜悦。

钱袋很精致，是用皮革做的，上面有一个用金线钩织而成的六角星。阿呆从来都没见过如此漂亮的钱袋，他慌忙解开上面的绳带，向里摸着。他遐想：如果钱袋中有一个紫晶币，那将是多么美妙的事啊！

一年以前，他偷到过紫晶币，还记得那回，黎叔竟然奖励了他一只大鸡腿，这让其他同伴都羡慕得不得了。

他从来没有吃过那么好吃的食物，最后和丫头分着吃，连骨头都吃进了肚子里。那美妙的味道至今仍使他回味无穷。

当阿呆将钱袋中的钱币全都掏出来时，他愣住了。因为钱袋之中不但有他遐想已久的紫晶币，更有数十个金币，甚至还有一个闪烁着璀璨光芒，他从来都没有见过的类似钱币的东西。他看着这一小堆东西，心想：这可是足足十几个"鸡腿"啊！

"可以吃饱了，我终于可以吃饱了！"阿呆兴奋地大叫着。

正当阿呆兴奋不已时，钱袋上的金色六角星突然亮了，紧接着，一个苍老的声音在阿呆耳边响起："你从来没有吃饱过吗？"

阿呆全身一震，手中的钱币不由得散落一地。

这声音是从哪里来的？阿呆四下看去，周围并没有人。

"廷神保佑，廷神保佑。"

阿呆双手合十在胸前，不停地念叨着。

"你以为廷神会保佑一个小偷吗？"那个苍老的声音再次响起，这回阿呆听清了，声音竟然是从那个精美的钱袋中发出来的。

"啊——"

阿呆惊呼一声，将钱袋扔了出去，全身不由得微微颤抖着，这种诡异的事他还是第一次遇到。毕竟他还只是个孩子，恐惧之色从他的眼底流露出来。

雪花不断地从天空飘落，天空还是那么灰暗，在这一刻，阿呆身上的破棉袄似乎再也不能给他带来温暖了，一股寒流迅速从心底升起。

钱袋落在不远处，那个漂亮的金色六角星闪烁着淡淡的金色光芒，在阿呆的注视下，金色光芒突然变得刺眼，一道模糊的人影出现在钱袋上方，接着，人影渐渐变得清晰，正是刚才那位穿着斗篷的老年人。

古怪而低沉的声音不断从斗篷中传来，如果黎叔在，一定会发现，这个老人是在吟唱魔法咒语。终于，老人的身躯完全变成实体，轻轻一飘，便落在了地上。

老人落在钱袋旁边，缓缓地弯下腰，将地上的钱袋捡了起来，叹息道："好久不用这个咒语了，真是生疏了不少啊！"

阿呆看到自己牵鱼的对象以如此怪异的方式出现，就算再傻，也知道自己大难临头了。他怎么也没想到，已经四个月没有失过手的他，竟然会在成功牵到一条大鱼后，被失主抓到。

阿呆在地上蜷缩成一团，身体不停地颤抖着，在他看来，即将来临的，必将是一场狂风暴雨似的毒打，这种情况他已经不是第一次遇到了。

上次被抓时，那个大汉更是差点将他的手打断，如果不是黎叔及时出现吓走对方，恐怕他早就没有牵鱼的能力了，更不可能吃到自己最喜欢的馒头。

老人将钱袋扔到阿呆身前，淡然道："给我捡起来装回去。"

"是，是。"

阿呆小心地将钱袋抓到手里，看了一眼钱袋上那个用金线钩织而成的六角星，他怎么也无法理解，人为什么能从钱袋中"钻"出来呢？

阿呆全身颤抖着，小心地将一个个钱币重新装到钱袋之中，这个过程用了一些时间。

奇怪的是，老人并没有催促他，斗篷下那双眼睛不断在阿呆身上打量着。

"好……好了，给……给您。"阿呆尽量让自己表现得卑微一些，双手捧着钱袋递到老人面前。他在想：也许表现得懦弱一些，待会儿挨起打来，对方会打得轻点吧。

阿呆从来没有想过要反抗，况且，以他这"饱经风霜"的身体，又怎么反抗得了呢？即使对方是一位老人。

老人接过钱袋，既没有动手，也没有放过阿呆的意思，依旧站在阿呆面前，一动不动地看着他。

阿呆低着头蹲了下来，冻得通红的双手护在头上，全身尽量蜷缩在一起，等待着"暴风雨"的来临。

"嗯，手倒是很好看，十指修长，手掌宽厚，怪不得连我都没有察觉到东西被偷了。你还没有回答我刚才的问题呢。"

第2章
炼金术士

阿呆一愣，下意识地抬起头，他又一次看到了老人那满是皱纹的脸。老人脸上没有任何表情，正注视着他。他怯懦地问道："什……什么问题？"

老人眉头微微一皱，心想：原来是个傻小子，傻点也好，正好适合。

老人再次开口问道："我刚才问你，你从来没有吃饱过吗？"

阿呆点了点头，发现这个老人似乎没有要打他的意思，他的胆子不由得大了一些，道："是……是的，我知道您一定很生气，您要是不打我的话，能不能让我走？"

虽然这次牵鱼失败了，但一天的时间很长，阿呆觉得自己还有机会完成任务。他从来不会因为一次牵鱼失败而气馁，为了心爱的馒头，他还是要继续努力。

老人嘴角微微动了一下，道："我有说过不打你吗？你偷了我的钱袋，我打你似乎是再正常不过的事吧？"

阿呆刚刚放松下来的心情再次紧张起来，他恢复双手抱头的姿势，低着头道："那……那您能不能别打我的手？"

老人有些惊讶地问道："为什么？"

阿呆小声道："因为……因为我还要牵鱼，如果手坏了，就牵不到鱼，牵不到鱼就没有馒头吃了，还会被黎叔打。"

"牵鱼？黎叔？"老人只是微微愣了一下，就明白了"牵鱼"是什么意思，也明白了黎叔就是眼前这个傻小子的头儿。

老人心中觉得有一丝好笑，小偷被失主抓到，居然要求人家别打自己的手。面前这个傻小子还真是傻得可以啊！

"打你还算轻的，以我的身份，即使杀了你，也不会有人找我麻烦，你信不信？"

阿呆一愣，道："杀了我？杀了我，我不就死了吗？死是什么滋味，您能先告诉我吗？死是不是会很疼？死了以后就没有馒头吃了吧？"

老人突然觉得和这个呆小子说话，自己的心情都好了许多。

但是，老人怎么也不可能想到，眼前这个问他死是什么滋味的瘦小男孩，在十几年之后，竟然会成为天元大陆上叱咤风云的"死神"，成为给他人带来死亡的人。

"你想吃饱吗？"老人决定不再和阿呆磨蹭下去，直接进入了正题。

说到吃，阿呆顿时来了精神，早上吃的那个馒头早在寒冷的天气下消化了，他的肚子"咕噜"响了一声，他抬起头，渴望地看着老人，道："想啊！我最想吃饱了。要不……要不您给我一个紫色的钱币，只要一个就够了。"

阿呆一想到鸡腿，口水就顺着嘴角流了出来。

老人道："我是不会给你钱的，不过，如果你想吃饱的话，就跟我走吧，我会让你每天都吃饱，而且我不会打你。"

阿呆眼睛一亮，早上他刚想像丫头那样被人带走，现在愿望就实现了。他小心地问道："真……真的能让我每天都吃饱吗？"

老人点了点头，道："你还有什么其他要求，也可以提出来，我会尽量满足你的。但是，这一走可能很长时间不会回来了，你要想清楚。"

他可不希望弄一个孩子回去，天天跟自己哭闹，到时候还要再出来找另外一个。

阿呆摇了摇头，道："我愿意跟您走，只要能让我每天吃饱就行了，我没有别的要求。"

老人满意地点了点头，道："跟我走可是要干活的，你怕不怕辛苦？"

"干活？干什么活？"阿呆问道。

老人道："怎么也比你当小偷好，最起码我不会打你，不是吗？你不会的我也可以教你。"

阿呆低着头，道："可是……可是我很笨，他们都说我蠢，我能学会吗？"

老人有些不耐烦地道："我说你能学会就能学会，跟我走吧。"说完，他转身向巷子外走去。

阿呆应了一声，紧跟着老人走了出去。没走几步，老人突然停下来，阿呆没注意，正好撞在了老人的后背上。阿呆痛呼一声，捂着自己的鼻子，不解地看着老人。

老人回过头来，问道："你叫什么名字？"

阿呆道："我叫阿呆。"

老人嘲弄地道："阿呆？果然是人如其名啊！记住，我叫哥里斯，是一名炼金术士。从现在开始，你就是我的学徒工。"

阿呆点了点头，生怕自己忘了，连连念道："歌里死，歌里死……"

老人提高声音道："我叫哥里斯，不是歌里死，你给我记清楚了。你以后要叫我老师。"

"哦，哦，我知道了，老……老师。可是，老师是什么意思？"阿呆问道。

哥里斯感觉自己真的被这个小家伙打败了，无奈地解释道："老师就是教给你东西的人。"

说完，他扭头走出了巷子。

哥里斯这个名字，即使是炼金术士公会的会长听到，也会立即露出尊敬的表情。虽然哥里斯喜怒不定，但毕竟是为数不多的几名大师级别的炼金术士之一。

阿呆突然想到昨天丫头走了以后黎叔的表现，赶忙追上去，道："老师，您能不能陪我去和黎叔说一声，他给我吃了这么长时间的馒头，我要走，怎么也要跟他打个招呼，要不他会生气的。"

哥里斯想了一下，点头道："好吧，你带路。"

本来哥里斯是没必要和阿呆去的，但为了自己的计划，必须让阿呆死心塌地跟着自己，所以他才同意了阿呆这个傻得不能再傻的提议。

阿呆在前面带路，七拐八绕的，带着哥里斯来到了城南角落中，那间自己住了一年多的破屋外。这个时间点，大多数孩子都被黎叔派出去"工作"了，并没有吵闹声传出。

哥里斯皱了皱眉，道："就是这里吗？"

阿呆点点头，然后小心地推开那扇并不结实的木门，率先走了进去。

黎叔正在房间中抱着个酒罐喝酒，自从阿呆牵鱼的水平越来越高后，他的收入也渐渐可观起来，再也不用自己出去忙活了。

此时他正幻想着，再有几年的时间，多攒点钱，就能过上更舒适的生活，甚至可以娶一个女人回来，让自己好好做一回大爷。

在酒精的作用下，他正闭眼做着白日梦，门突然开了，阿呆那瘦小的身影出现在他眼前。

"嗯？你怎么这么快就回来了？牵了几条鱼啊？"

阿呆有些害怕地说道："黎叔，我……我没牵到鱼。"

黎叔一听到阿呆没有牵到鱼，声音顿时变得尖锐起来，怒目而视，大声吼道："没牵到鱼？没牵到鱼你回来干什么？皮又紧了是不是？"

阿呆身体一颤，唯唯诺诺地说道："黎……黎叔，我……我是回来向您告别的。"

黎叔一惊，立即从床上跳下来："你想走？你吃了我这么长时间的干饭，就打算一走了之？翅膀硬了是不是？"

黎叔怎么舍得让阿呆这棵摇钱树走呢？丫头走了，他并不怎么心疼，就算丫头留下，不能牵鱼回来也只会浪费粮食，即使是卖给奴隶贩子，恐怕也卖不了多少钱。可是阿呆不一样，现在他几乎一多半的收入都是阿呆带来的，因此他怎么也不会让自己的摇钱树离开自己。

黎叔尽量把自己的声音控制得柔和一些，道："是不是又饿了？我再给你个馒头吃，吃完乖乖给我去牵鱼，别动什么歪心思，否则的话……哼！"

黎叔晃了晃自己的拳头，用威胁的眼神看着阿呆。

长时间的打压使得阿呆不自觉地想退缩，能多吃一个馒头，也是好事啊！

阿呆正犹豫着不知道该说什么时，哥里斯的声音响了起来："否则你能把他怎么样？"

随着脚步声响起，哥里斯高大的身影出现在阿呆身旁，黎叔在哥里斯面前显得猥琐而渺小。

"你……你是什么人？"黎叔有些迟疑地问道。

哥里斯淡淡地说道："我是什么人你不用管，我和阿呆来这里，只是为了告诉你一声，我要带他离开这里，从今以后，他不再是你手下的小偷了。"

黎叔心一惊，这个看不清面貌的人似乎散发出了一股无形的压力，使他喘不过气来，但利益毕竟是最重要的。

他鼓足勇气，道："不行！你不能带他走，怪不得他敢离开我呢，原来是找了后台。看我打不打死你！"说着，黎叔挥起一拳，向阿呆的胸口打去。

阿呆下意识地身体一缩，等待着疼痛降临，但是，他等了半天都没有动静。

阿呆睁开眼睛，这才发现黎叔的拳头并没有打到他，而是停留在半空中，黎叔的手腕被一只枯瘦的手抓住了，冷汗正从黎叔的额头往下流。

"我说过，他现在是我的学徒工，你没有权利再打他。"哥里斯随手一推，将黎叔甩到了一旁。

哥里斯并不像普通魔法师那样脆弱，虽然不会什么武技，但黎叔这样的角色，他还是不会放在眼里的。

黎叔捂着自己的手腕，怒骂道："你……你这个浑蛋，你想抢人吗？"

哥里斯冷笑一声，道："像你这样的人渣，早该被廷神惩罚了，若再纠缠，我就让你下地狱。"

说着，哥里斯伸出那只刚抓过黎叔的右手，几句古怪的咒语从斗篷中传出来，黑色的火焰突然出现在哥里斯的手掌中，闪烁着妖异的光彩。他随手一挥，黑色的火焰化为一条火线，落在房间中唯一一张只剩三条腿的木桌上。

没有任何声响，也没有燃烧的痕迹，木桌就那么消失了，连一点灰烬都没有留下，空气中只残留着一丝难闻的味道。

阿呆和黎叔都愣住了，阿呆问道："老师，您是在变魔术吗？桌子怎么没有了？"

哥里斯看了阿呆一眼，道："这不是魔术，这是魔法。"

如果换作任何一个中级以上级别的魔法师看到刚才的情景，都会吃惊地发现，哥里斯刚刚所使用的火焰，是黑暗魔法和火系魔法结合后的融合魔法。

黎叔的牙齿不断地上下碰撞着，他颤颤巍巍地说道："你……你……你是魔法师。魔法师大人，别……别杀我。"

黎叔很清楚，像自己这样的小人物，如果眼前的这个人要杀自己，就像捏死一只蚂蚁那样容易，谁也不会去关心一个小偷的死活。更何况，除了神圣廷和索域联邦以外，无论在其他哪个国家，只要杀的不是贵族，魔法师都有一定的赦免权，因此没有人愿意去得罪魔法师。

哥里斯扭头冲阿呆道："已经交代过了，咱们走吧。"

阿呆看向黎叔，黎叔脸色惨白地跌坐在那里没有出声，毕竟和金钱比起来，还是生命更重要一些。

"黎……黎叔，那我走了。"

阿呆丢下一句话后，赶忙跑了出去。

阿呆出了门,感觉全身轻松了许多。刚才哥里斯将黎叔甩到一旁时,他的内心深处竟然产生了一种说不出的快意。黎叔和馒头比起来,似乎还是馒头重要一些,更何况,哥里斯说过不会打他。

没有谁是愿意挨揍的,全身疼痛的感觉谁都无法忍受,和这个什么术士在一起,总要强过和黎叔在一起吧。

其实,阿呆自己并没有察觉,他之所以选择和哥里斯在一起,最主要的原因还是丫头临走时的叮嘱。

哥里斯走得不快,阿呆可以很轻易就跟上。虽然天空仍旧阴云密布,但阿呆显然变得开朗了许多,他问道:"老师,咱们现在去哪儿?"

哥里斯停下脚步,冷冷地道:"不要多问,跟着我就行了。"

哥里斯冰冷的声音让阿呆吓了一跳,长时间养成的懦弱性格使他没有一丝反抗的念头:"哦,对不起。"

哥里斯转过身,继续向前走去。他心里其实对阿呆很满意,虽然这个孩子呆了一些,但还是很听话。他在心里想着:一年以后,应该可以让自己完成那件事了吧,那可是自己多年的心愿啊!

想到这里,哥里斯苍老的脸上不自觉地露出了一丝令人不寒而栗的笑容。

如果阿呆看到哥里斯的这个笑容,恐怕会动摇此刻离开的决心吧。但是,阿呆没有看到,也正是因为和哥里斯一起离开了尼诺城,他才有了这一生不平凡的经历。

走了一会儿,哥里斯带着阿呆来到了一家宏伟如宫殿的旅店前，他昂首而入，两名守门的门童连忙打开大门，恭敬地将他迎了进去。

阿呆看着面前镀金的大门，不由得吞了吞口水。这个地方他很熟悉，因为他曾经为了牵鱼在这里蹲守过几回。黎叔告诉过他，这里是尼诺城最大的旅店，叫凯伦大酒店。

老师是住在这里的吗？阿呆下意识地跟了上去。

"去，去，去，哪里来的小乞丐，快滚！"高大的门童拦住了阿呆的去路，像赶苍蝇一样驱赶着他。

阿呆吓了一跳，连忙答应着，向一旁走去，但走了几步后，他停了下来，心想：不对啊，我是跟老师来的，老师都已经进去了，那我也应该进去吧。

想到这里，阿呆又走了回来，客气地冲门童道："我是跟老师一起来的，能让我进去吗？"

门童掸了掸身上的迎宾礼服，看着一身肮脏的阿呆，脸上露出厌恶的神色，不屑地说道："哪个是你的老师？滚远点，别把我们的地毯弄脏了！一个臭乞丐，还想进我们的酒店，也不瞧瞧自己什么样！"

阿呆有些着急了，他虽然脑子转得慢一些，但也知道现在已经不能回头了。黎叔那里是绝对回不去的，只有跟着哥里斯才能吃到心爱的馒头。

"让……让我进去吧，我要找我的老师。"阿呆再一次恳求着，眼中流露出焦急之色。

门童已经不愿意再和面前的小乞丐纠缠下去，朝阿呆走了过来，凶狠地说道："你是给脸不要脸啊，非让大爷动手！"

门童欲抢起蒲扇般的巴掌向阿呆扇去，乞丐他见多了，在天金帝国，像这样的乞丐多得是，就算打死几个，也不会有人来找他麻烦的。

"慢着，他是跟我来的。"哥里斯的声音在关键时刻响起。

其实，刚才哥里斯一进酒店，就知道阿呆并不会那么容易被放进来，但为了让阿呆对自己更死心塌地，他一直没有出面，直到门童出手，他才出来阻止。

门童愣了一下，收回手掌，疑惑地冲哥里斯问道："先生，他真的是跟您一起来的吗？"

哥里斯微微抬头，斗篷下露出一双可怕的眼睛。门童顿时打了个寒战，全身颤抖了一下，连忙道："对不起，先生，是我莽撞了，请！"

见过世面的门童自然知道眼前这个魔法师装扮的大人物是自己惹不起的，他只能立马道歉，并朝阿呆做出一个"请进"的手势。

阿呆快步上前，走到哥里斯的面前，结结巴巴地道："对……对不起，老师，我……我……"

"走吧。"

哥里斯已经从阿呆眼中看到了自己想要看到的东西。说完，他率先转身向里走去。

这回阿呆终于学机灵了一些，紧紧地跟在哥里斯身旁。无数道尖锐的目光射在阿呆身上，使他非常不自然，他蜷缩着身子，低着头，默默地看着哥里斯的后脚跟，随着哥里斯向前走去。

哥里斯带着阿呆来到一扇大门前，推门而入，扑面而来的是水蒸气，一股暖意包围了阿呆，他不自觉地说道："好暖和啊！"

这里是凯伦大酒店众多公共浴室中的一间，这个时间点这里是不会有客人的，一般只有到了晚上，这种公共浴室才会有人来。

"先生您好，有什么可以为您服务的吗？"一名中年人走了过来，他一边冲哥里斯客气地说着，一边用余光打量着阿呆。

哥里斯从钱袋中摸出一个紫晶币，扔给中年人，道："带这个孩子去洗澡，让搓澡工把他身上的污垢洗干净，然后再给我去买一套适合他的衣服，要全套的，朴素一点，明白吗？多余的就是你的小费。"

中年人是这间浴室的负责人。虽然阿呆身上的味道让他很难受，但哥里斯出手如此大方，使他顿时笑容满面。要知道，他一年的工资也不过五个紫晶币而已，这点活就一个紫晶币，真多啊！

"是，是，先生，您放心，一定包您满意。三号、四号，快带这位小少爷去洗澡。"

随着中年人的呼唤，两名壮年搓澡工跑了出来。

阿呆向哥里斯身后躲了躲，有些恐惧地看着面前的两名大汉。

哥里斯道："跟他们去洗澡，我的学徒工可不能全身肮脏。"

洗澡？好像有记忆以来，阿呆从来都没有做过这件事，只是以前见黎叔在房间中洗过，自己还给他搓过背，他当时的表情似乎很享受。

洗澡应该不是什么坏事吧。想到这里，阿呆应了一声，跟着两名搓澡工去了。

中年人又叫了一名手下，吩咐他去买衣服，然后亲自沏了杯香茶捧到哥里斯面前，道："先生，要麻烦您等一会儿了。"

哥里斯应了一声，坐在柔软舒适的沙发上等待着，不再说话。

中年人虽然想套套近乎，但是看哥里斯很不好接触的样子，也就放弃了。他将茶放到茶几上，便退回到了柜台后。

足足过了一个小时，浴室里面的门终于打开了。哥里斯抬头看去，大吃一惊。肮脏的小乞丐已经不见了，取而代之的是一个干干净净的小男孩，半长不短的黑发披散在身后，很瘦，皮肤很白皙，模样普通，给人一种憨厚的感觉，如果不是黑发和黑眸，很有可能会被认成天金帝国的人。

阿呆举手投足之间也没有那种市井之气，连他的神态也不像小偷那般贼眉鼠眼，不过很呆滞。哥里斯也正是从他呆呆的眼神里才认出这是自己刚收下的小学徒工。

阿呆别扭地摆弄着自己身上的新衣服，灰色的布料虽然不是非常好，但看起来很清爽，最外面的棉制大衣暖和极了。刚才洗完澡照镜子时，连他自己都没有认出，镜子中那个憨憨的小男孩就是他自己。

"先生，您还满意吗？"中年人赔着笑脸问哥里斯。

哥里斯点了点头，冲阿呆道："我们走吧。"

阿呆点了点头，快步跟上，两人一起出了浴室。

看着他们离开，一名搓澡工冲中年人道："头儿，真是太恐怖了，那孩子身上的泥太多了，我从来没有搓得这么过瘾，每一下都能搓出很多泥。爽，真是太爽了！"

另一名搓澡工赞同地说道："是啊，真是太爽了，可惜的是，味道差了一点。"

中年人没好气地说道："你们那么爱搓澡，出去找乞丐搓啊，恐怕都不会比他的泥少！"

他一边说着，一边把玩着手中的紫晶币，心中其实早就乐开了花。有了今天的外快，晚上又可以出去逍遥了。

哥里斯带着阿呆回到自己的房间，他住的是标准间，本来就有两张床，之所以洗完澡才带阿呆回来，是因为他怕自己会受不了阿呆身上的气味。

房间内豪华的装饰使阿呆愣愣地站在门外，他疑惑地问自己：我真的可以进去吗？

"进来。"哥里斯的声音解开了他的疑惑。

"咕噜噜。"

刚一进房门，阿呆的肚子就响了起来。哥里斯回头看了他一眼，脱下身上的大斗篷，问道："你饿了吗？"

阿呆这才看清楚哥里斯的样子。哥里斯和自己一样，也很瘦，只不过他的骨架很大，可以完全将衣服撑起来，满头的白发和脸上的皱纹显示他的年龄已经不小了，那双碧蓝而深邃的眼眸让阿呆有些害怕。

"回答我的问题。"哥里斯不容置疑地说道。

"是的，我饿了，我今天只吃了一个馒头。"阿呆靠墙站着，小心地回答道。

哥里斯脱掉鞋子，靠在床上，从怀中摸出一颗药丸，犹豫了一下后，扔给阿呆，道："吃了它。"

阿呆应了一声，直接将药丸扔进了嘴里，他不明白这白色的小球能有什么作用。

药丸刚进口，阿呆的后脑勺就挨了哥里斯一巴掌，他痛叫一声，将药丸吐了出来。

阿呆揉着脑袋问道："老师，怎么了？"

哥里斯真是快被自己这个笨学徒打败了，他重新将手中的药丸递了过去，道："剥开外面的蜡衣再吃，连药你都没吃过吗？"

阿呆看着圆圆的药丸，没敢接过来，试探着问道："老师，我……我真的没吃过，什么叫蜡衣？"

哥里斯叹了一口气，剥开药丸外面的蜡衣，从里面取出一颗红色药丸，清香之气顿时飘满房间。他一只手捏住阿呆的下巴，另一只手将药丸塞进阿呆的嘴里。

阿呆一愣神的工夫，药丸已经顺喉而下，所过之处，带来一股清凉的感觉。

"去厕所脱了裤子蹲着。进门左边的那个门打开就是厕所，快去吧。"

哥里斯不得不说得清楚一些，如果不说清楚，面前这个傻小子很可能会穿着裤子拉屎，他可不想给自己再找什么麻烦。

阿呆虽然不知道老师为什么让自己去厕所蹲着，但还是听话地跑了进去。

一会儿的工夫，厕所中传来阿呆舒服的呻吟声，哥里斯给阿呆吃的，是他自己特制的九转易髓丸。

这九转易髓丸是他用了十余年的时间，在天元大陆各地采集了上百种珍贵的药材，用特殊的方法，经过九蒸九晒，最后再用高温炉火炼制出来的。当初一炉也只炼成了五颗，他自己吃了一颗，又以每颗一千个钻石币的价格卖给了王室三颗，剩下的一颗刚才给阿呆吃了。

九转易髓丸的主要功效是祛除体内杂质，疏通经脉，延年益寿，是练武者梦寐以求的东西。

哥里斯暗暗叹息，自己最后一颗九转易髓丸既然已经给阿呆吃了，就再也不能后悔了。阿呆的身体经过药力改善，再经过一定时间的调养，就可以达到自己期望的程度。只要其他东西都准备完善，自己最后必然可以完成心愿。从现在开始，这小子就是自己的宝贝了，无论如何也要将他带在身边才行。

良久，厕所终于没有了声音。

又过了一会儿，阿呆还是没有出来。

哥里斯心中一惊，难道这孩子的身体太弱，禁不起药力吗？这可坏了，如果他死了，就浪费了唯一一颗九转易髓丸，再让自己上哪里去找调理身体的宝贝啊?!

想到这里，哥里斯快步来到厕所门前，猛地将门推开了。

扑面而来的，是一股浓烈的恶臭，哥里斯赶忙捏住自己的鼻子，眉头紧皱。

阿呆愣愣地蹲在那里，看着突然闯进来的老师，不知所措。

哥里斯看到阿呆没事，不由得松了一口气，微怒道："你拉完了没有？"

阿呆点了点头，道："拉完了。"

"拉完了怎么还不出来？你想住在里面啊！"已经很久没有人能让哥里斯生气了，因为那些让他生气的人都已化为了灰烬，可是，眼前这个孩子却让他有些无可奈何。

第3章
初涉魔法

　　阿呆委屈地说道："您……您没让我出去啊！您不是说了，我什么都要听您的吗？"

　　哥里斯扭头走回房间，长出一口气，打开窗子，呼吸外面的新鲜空气。

　　他感觉自己真的被这个笨小子打败了，再次深吸一口气，冲厕所的方向喊道："擦干净你的屁股，出来吧。"

　　阿呆穿好衣服，从厕所走了出来。他突然感觉自己好像变了一个人，全身说不出的清爽，似乎一下子丢掉了很重很重的包袱，轻飘飘的，连大脑都清明了一些，全身充满了活力。

　　阿呆问道："老师，您刚才给我吃的是什么？"

　　哥里斯不耐烦地道："九转易髓丸。"

　　"九转易髓丸？那是什么东西？"

　　"别多问，坐下。"哥里斯指着一旁的凳子，"我要先问你几个问题，然后再带你去吃饭。"

一听到"吃饭"这两个字，阿呆眼中顿时燃烧起兴奋的火焰。他乖乖地坐到凳子上，等待着哥里斯提问。

"阿呆，你还有其他名字吗？你是落日帝国的人还是华盛帝国的人？"

阿呆摇了摇头，道："没有，我没有其他名字。什么是落日帝国的人和华盛帝国的人？"

哥里斯道："落日帝国和华盛帝国是天元大陆上另外两个国家的名字，我看你黑发和黑眸，应该是这两个国家中一个的后裔。"

"哦，我也不知道自己是哪里人。落日帝国和华盛帝国这两个国家以前我好像听说过，但没什么印象了。"

哥里斯重新坐到床上，看着脸色已经红润了许多的阿呆，道："那你知道你的父母是谁吗？"

阿呆茫然地摇头，道："我只记得自己一直在街上要饭。有一天黎叔来了，他说会给我吃的，我就跟他走了。"

"那你今年多大了？"

阿呆想了想，道："十二，哦，不，十三岁了吧。"

他确实不太清楚自己有多大，黎叔身边和他差不多高的孩子都是十二岁或者十三岁，所以，他觉得自己也应该是这个年龄才对。

十二三岁，嗯，还是比较合适的。哥里斯一边想着，一边继续问道："那你知道你是哪年哪月出生的吗？"

哥里斯问完就后悔了，面前这个傻小子连自己多大都不知道，又怎么会知道自己的出生年月呢？

但出乎意料的是，阿呆脱口而出："神圣历九百七十六年三月二十一日。"说完，连他自己都愣住了。

哥里斯眼睛一亮，道："你不是说不知道自己多大吗？怎么又说出来了？"

阿呆张口结舌地说道："我……我也不知道，只是刚才突然想到这个日子，就说了出来。"

哥里斯皱了皱眉头，暗暗推算着，现在是神圣历九百八十七年四月，那这么说，眼前这个傻小子应该是十一岁才对，但刚才阿呆的表现让他感觉到有些怪异。

哥里斯冷冷地道："小子，你可不要和我耍花样。"

阿呆缩了缩身体，道："不，不会啊！"

"你过来。"哥里斯冲阿呆招了招手。

阿呆有些不情愿地走到哥里斯身前。哥里斯伸手抓住阿呆的肩膀，低低地念了几句，一股热流顿时顺着阿呆的肩膀流入体内。

一开始，阿呆还觉得很舒服，但过了一会儿，哥里斯传过来的热流越来越强，阿呆渐渐承受不住了，他想挣扎，却发现自己的身体已经不受自己控制，热流似乎要将他的五脏六腑都融化，不断地在他体内四处流动。此时，他的骨骼开始发出声响，剧烈的疼痛使他忍不住惨叫起来。

"啊——老师，我受不了，您饶了我吧，好疼啊，好疼啊！"阿呆求饶道。

哥里斯皱了皱眉头，一抬手，一道青色的光芒将阿呆的身体包裹住，阿呆的叫声完全被隔绝在内了。

良久，当阿呆的身体已经有些瘫软时，哥里斯终于松开了手。他长出一口气，自言自语道："没想到这傻小子的根骨这么好，既适合修炼魔法，也适合修炼武技，看来没有白白耗费我一颗九转易髓丸。这样就更好了，到时候……"

说到这里，他突然停下来，谨慎地看了阿呆一眼，摇了摇头，又道："可惜，他的脑袋好像受过什么重创，即使是九转易髓丸的药力都无法将那股积郁之气清除掉。不过还好，这并不会影响我的实验。"

阿呆体内的热流终于散去，整个人瘫倒在地。他不知道哥里斯为什么要这样对他，泪水不自觉地流了下来。

哥里斯一把将阿呆从地上拽了起来，冷冷地道："不许哭，我刚才是看看你是否有帮我干活的实力，明白吗？并不是打你。温柔之水，聚于我手，滋润眼前的生灵吧！"

蓝色的光芒从哥里斯手中发出，像涓涓细流融入阿呆的体内。这是水系魔法最普通的恢复术，哥里斯很少用到，为了不让阿呆心中存有阴影，他不得不帮阿呆恢复体力。

阿呆感觉到清凉如水一般的气流从哥里斯的手中不断传来，身上失去的力气正在一点一点地恢复着，先前热流造成的疼痛感已经完全消失了。对于哥里斯所说的话，他也不由得信了几分。

哥里斯将阿呆放到凳子上，背对着他道："你要记住，只有强大的人才能活得更好，懦弱只会受人欺负，眼泪是解决不了任何问题的。"

阿呆感觉哥里斯的这些话自己似乎在哪里听到过，竟然引起了自己的共鸣。他擦掉脸上的泪痕，怯怯地说道："是，老师，我知道了。"

哥里斯点了点头，道："好，那你告诉我，你最爱吃什么？最想干什么？"

阿呆老实地道："我最喜欢吃馒头，还……还有鸡腿。最想干什么？我……我也不知道。"

哥里斯心中暗骂：真是个傻小子，不过这样也好，对于自己以后的行动会更有利。

哥里斯无奈地道："那好吧，从现在开始，你就一直跟着我，我保证你每天都能吃饱。如果你敢私自出走的话，还记得今天那张桌子吗？那就是你的下场。"

哥里斯的威胁似乎对阿呆并没有起什么作用，他愣愣地说道："只要您能让我吃饱，我怎么会跑呢？可是……可是……"

"可是什么？"哥里斯猛然转过身来。

阿呆看了看哥里斯苍老的面容，说道："可是，您要是死了的话，我吃什么呢？"

阿呆清楚地记得，当初丫头说过，她奶奶就是因为岁数过大才死的，而奶奶死后，丫头便沦落到街头要饭了。

哥里斯被阿呆的话气得全身发抖，他的手抬起来几次，又都放下了。一想起自己那伟大的计划，他决定，忍了。

哥里斯没好气地说道："放心吧，就算你死了，我也不会死的。走吧，我带你去吃饭。"

"好啊！老师，您真是太伟大了！"

"哼！我的伟大，又岂是你能够知道的？"

两天后，哥里斯觉得阿呆的身体已经好了许多时，便带他离开了尼诺城。那天的天气出奇晴朗，似乎预示着阿呆将走上人生的另一个起点。

"老师，以后我还能回来吗？"阿呆一边看着身后生活了十几年的小城，一边问道。

哥里斯看了看阿呆，道："也许吧，如果以后有机会的话。怎么？你还有什么惦记的人或事吗？"

阿呆摇了摇头，道："没……没有。"

这是阿呆第一次在哥里斯面前撒谎，其实，他心里想的是，丫头以后还会回来找他，但他并没有说出来。

虽然哥里斯这几天一直对阿呆不错，每顿饭都会让他吃饱，还让他吃到了许多以前想都不敢想的美食，但是阿呆的心中总是隐隐觉得，和黎叔比起来，他的这位哥里斯老师似乎更危险。

哥里斯并没有在意阿呆的话，带着他继续向前走去。

他们走了一个多小时，来到了位于尼诺城外不远处的海滨港口。以前阿呆也来过这里几次，他很喜欢海，喜欢那种波澜壮阔的感觉。他看着远方海天交接处，听着一声声海浪拍打礁石的声音，不由得愣住了。

"快走，我们要赶上这艘船。"哥里斯回头冲面对大海走神的阿呆道。

阿呆一愣，道："船？老师，您是说我们要坐船吗？"他的声音中流露出些许兴奋，因为他曾无数次想象着自己能像那些渔民一样，坐着木制的小船在海上漂浮，那种感觉是他最向往的。

"嗯，咱们要到瓦良行省去，坐船要快得多。"哥里斯淡淡地答道。

"太好了，太好了！我要坐船了，我要坐船！"阿呆兴奋地跳了起来。

哥里斯皱着眉道："你给我安静一些，想坐船就赶快走。"

两人很快走到码头，当阿呆看到长达百米，宽二十余米，高有三层的巨大客船时，张大了嘴，问道："老师，这……这就是我们要坐的船吗？它好大啊！"

在阿呆眼里，那些渔船和面前这艘漆成白色的大船比起来，简直没有可比性。

哥里斯冷哼一声，道："大什么？我还嫌它小呢，快上船。"

经过宽敞的登船板，阿呆跟着哥里斯上了这艘名叫"拜廷神"的大船，哥里斯买的是顶层的二人舱。一上船，哥里斯就感觉全身不自在，他刚才之所以对阿呆说嫌这艘船小，最主要的原因是他晕船。如果不是想早些回去准备自己的计划，他才不会选择坐船呢。

阿呆兴奋地在船舱中来回走动，不时透过圆形玻璃向外看去。一会儿工夫，高大的桅杆上升起了宽大的风帆，船渐渐动了。

因为这里的深海处有冰山，所以这艘拜廷神客船在开始航行时都是沿着海岸线而行，到了暖和一点的区域，才会驶入深海，加速前进。

"动了，动了！老师，船动了！"

哥里斯一把将阿呆扯到身前，瞪了他一眼，道："还记得我昨天教你的东西吗？"

阿呆眨了眨眼睛，尴尬地说道："我……我忘了。"

这两天，哥里斯一直在教阿呆一些炼金方面的知识，可惜的是，阿呆的脑子实在是转得慢，连几个最简单的术语都记不住。

"哼！就知道你又忘了。算了，我这么看着你，你也记不住什么，你盘膝坐到床上去。"

"嗯。"阿呆应了一声，照着哥里斯的吩咐坐好。

哥里斯站在阿呆身旁，沉声道："术语等回到我那里，你再继续学习，在船上这段时间，我先让你感受一下什么叫魔法。所谓魔法，就是以自己本身的精神力量，沟通天地间的各种元素，凭借精神力量来催动它们，从而做自己想做的事。我不期望你现在能明白，待会儿我将我自身的魔法力注入你体内，你闭上眼睛仔细感受，无论你看到了什么，都要马上告诉我。"

阿呆点了点头，闭上眼睛，道："是，老师。"

哥里斯道："我要求你三个月之内，最起码要将火球术、火焰术这两个最简单的魔法学会，否则我就不给你饭吃。好了，收敛心神，用你的心去感受我传来的力量。"

说着，哥里斯伸出右手按在阿呆的肩膀上，又低声念了几句什么咒语。

阿呆觉得自己的肩头一热，顿时想起那天在旅店中自己受的折磨，全身一震。

"摒除杂念！"哥里斯沉声道。

热流通过肩膀传入阿呆体内，似乎热度并没有增强的迹象，只是不断地在他体内循环着，他不由得放下心来。

阿呆脑中本来就没什么杂念，一会儿工夫，他竟然在哥里斯发出的热流中睡着了。

哥里斯一开始还以为阿呆是沉浸在魔法元素的海洋中呢，可过了半天，阿呆始终没有动静。而这种传输魔法力的做法，只能是将自己体内固有的魔法力输送到对方体内，但无法召唤空气中的魔法元素，所以，连哥里斯这样的魔法师此时也感觉到有些吃力。

哥里斯缓缓地收回右手，道："告诉我，你都看到了什么？阿呆，阿呆……咦？好啊，你这个臭小子，竟然睡着了，白白浪费我那么多魔法力，气死我了！"

一个不大的水球在阿呆脸上炸开，正在做好梦的阿呆顿时一激灵，醒了过来。

"啊，下雪了，下雪了！"

哥里斯怒气冲冲地在阿呆头上敲了一下，道："下你个头！我刚才让你干什么来着？你自己又都干了些什么?！"

阿呆这才看清自己所处的环境，想起了一些之前的事，低着头道："老师，对不起，刚才……刚才太舒服，所以我睡着了。"

哥里斯勉强抑制住自己内心的怒火，冷冷地道："告诉我，你刚才都看到了什么？别说什么都不知道，如果你不知道，那今天的饭就没有了。"

一听到"饭"，阿呆顿时精神了一些，挠了挠自己的脑袋，心想：刚才我什么都没看见啊！怎么回答？

可是，饭食的诱惑实在太大了，阿呆想了想，决定把自己刚才的梦境说出来，看看能不能蒙混过关。

阿呆看了看表情严肃的哥里斯，道："我……我刚才感觉全身发热，然后就迷糊了，后来我看到好多小孩子来和我一起玩，他们每人手上都拿着一个红色的小馒头，好像要送给我，我一直在收，忙得都收不过来。我也想拿自己的东西给他们，可是我身上什么都没有，只能作罢。后来，您就把我叫醒了。"

哥里斯听得暗暗心惊，他又怎么会不明白阿呆说的是自己的梦境呢？

虽然阿呆睡着了，但他所描述的景象竟然和火元素有关，那些和他玩的小孩子完全是他在梦中臆想出来的，而那些红色的小球，则正是天地间的火元素啊！火元素为什么都会飘向他呢？除非他是天生纯火体质，但哥里斯已经检查过了，他并不是啊！想当初，自己学习火系魔法的时候，也只能感受到周围有火元素的存在而已。

阿呆忐忑不安地看着哥里斯，他不知道自己将梦境说出来能否让自己吃上饭。

哥里斯伸出右手，道："跟着我念。充斥于天地间的火元素啊！请赐予我你们温暖的力量，凝聚成球，现于我手。"

"扑哧"一声，哥里斯手上出现了一个直径十几厘米的火球，周围的空气顿时变得温热起来。

阿呆不明白哥里斯是什么意思，也不明白他这又是什么咒语，只能乖乖学着哥里斯的样子，道："跟着……啊，这句不用念吧。充斥于天地间的火元素啊！请赐予我你们温暖的力量，凝聚成球，现于我手。"

阿呆刚念完咒语，突然感觉到周围有什么东西冲向自己的掌心。"扑哧"一声，手中亮了起来，一个直径一厘米的小火球出现在他的掌心之上。他吓了一跳，唯恐被火烧到，在他意念一动的瞬间，火球顿时熄灭了。

哥里斯愣愣地看着阿呆，半晌才反应过来，杀机从眼底一闪而过，他怎么也没有想到，眼前的这个傻小子，竟然有如此高的魔法天赋。

当初哥里斯第一次吟唱这个火球术咒语时，也只是掌心发热而已，但他的师父当时就已经给予了他很高的评价，而现在面前这个貌不惊人，甚至有些痴傻的小子，竟然可以释放出一个微小的火球，简直太不可思议了！

阿呆也不明白为什么自己的手上会出现一个小火球，他痴痴地看着自己的手掌，两个人就那样愣在房间中。

良久，哥里斯熄灭手上的火球，道："好了，今天就到这里吧，我要休息一下，你记清楚刚才的咒语。还有，自己释放出的火球是飘浮于手掌之上的，不会伤害到自己，没事的时候你就坐在床上，默默想着那些红色的小球，知道了吗？"

阿呆点了点头，努力回忆着刚才那句咒语，顾不上再去看海。对一个还只有十一岁的孩子来说，火球术带来的好奇远比大海要强烈得多。

哥里斯不再理会阿呆，自己躺在床上闭目养神，还好今天是难得的好天气，海面上风平浪静，船身并没有大幅度地晃动，让他没有那么晕船。

哥里斯想，如果换一个魔法师看到刚才阿呆的表现，肯定会欣喜地收阿呆为徒弟吧。阿呆的天赋确实不错，自己年龄也大了，是不是该考虑让阿呆传承自己所学呢？

哥里斯用力地摇了摇头，不，怎么能因为他的天赋高就打破自己的计划呢？

哥里斯心里很清楚，只要自己进行了最后的实验，这个孩子必然会死，学再多东西又有什么用呢？

一天后。

阿呆端坐在床上，闭着眼正和那些红色的小馒头玩得不亦乐乎，哥里斯突然将他叫醒了。

"老师。"

"嗯，你将昨天我教你的咒语再试一遍。"

"哦，充斥于天地间的火元素啊！请赐予……请赐予……啊……"阿呆能记得住的，也只有第一句而已。

哥里斯收回准备要打阿呆的手，这个笨小子的记忆力实在是太差了，道："我再告诉你最后一遍，如果你还记不住，那在下船之前就不要吃饭了。充斥于天地间的火元素啊！请赐予我你们温暖的力量，凝聚成球，现于我手。"

没有饭吃对阿呆来说是最好的威胁，他努力地记着每一个字："请赐予我你们温暖的力量，凝聚成球，现于我手。"

阿呆努力地念着咒语后面自己不太熟悉的部分，坐在床上，不断地念叨着，一遍又一遍。

如此简单的咒语，普通人只需背诵一小会儿就可以完全记住，但阿呆背了半天才勉强记住了它。

"老师，老师，我……我记住了。"阿呆急急忙忙跑过去摇醒了刚刚睡着的哥里斯。

今天的风浪比昨天要大一些，哥里斯本想靠睡眠来抵消晕船带来的恶心感，好不容易睡着，却被阿呆吵醒了。

哥里斯怒气冲冲地道："干什么？"

阿呆吓得退后一步，嗫嚅道："我……我记住那个咒语了。"

哥里斯冷哼一声，道："你是我见过最笨的人了，记一句简单的咒语，竟然要一天半的时间，有什么好炫耀的？现在念一遍给我听听。"

阿呆好不容易建立起来了一点自信心，顿时被哥里斯的这句话打击得体无完肤。

阿呆低着头，伸出右手，小声念道："充斥于天地间的火元素啊！请赐予我你们温暖的力量，凝聚成球，现于我手。"

咒语念完，阿呆又一次感觉到了那凝聚而来的不知名的力量，而且比上一次来得要更强烈一些。

"扑哧"一声，一个直径三厘米的小火球顿时出现在他的掌心之上。

有了上一次的经验，阿呆这回并没有惊慌，而是仔细看着那团红色的火焰，他感觉自己手上是温暖的，并不灼热。阿呆将火球托到自己面前，仔细地观察着，一不小心，额头上的头发顿时被燎燃了一撮。

"啊——"

惊呼声中，阿呆的注意力被分散，手上的火球也随之熄灭了，一股难闻的焦味充斥于船舱之内。

阿呆拼命拍打着自己的头发，火焰这才熄灭，可怜他那半长不短的黑发顿时烧焦了一片。

哥里斯看着阿呆狼狈的样子，不由得露出一丝笑容："水火无情，在手上没事，并不代表干别的也没事。那是真实存在的火球，你这叫引火自焚，以后小心些。把门打开，放放味儿。"

阿呆不断喘息着，虽然刚才的情景让他狼狈不堪，但火球的出现让他心中充满了喜悦。

阿呆第一次在心中对哥里斯生出尊敬的感觉："老……老师，对不起，是我太笨了，连个小魔法都用不好。"

哥里斯在心中暗道：那我不是比你还笨。哥里斯还没见过谁能在仅仅修炼两天的情况下，就能把火球释放到这个程度。

"好了，不要说了，以后小心点就是，咒语不要忘记了。"哥里斯冷冷地道。

阿呆愣愣地点了点头，坚定地说道："我……我一定不会忘记的，老师。"

火球术是阿呆学习的第一个魔法，他的内心早已对那红色的火球充满了喜爱之情。于是他坐到一旁，继续背诵着已经完全熟悉了的咒语。

又过了两天，航程进入最后阶段，哥里斯这几天一直都不敢出船舱，唯恐看到一望无际的大海，从而导致自己呕吐。餐食都是让阿呆叫侍者直接送到船舱里，不过每餐的食物几乎有九成都进了阿呆的肚子。

阿呆是个很乖巧的孩子，三天以来，他除了坚持背诵火球术的咒语以外，其余的时间就坐在床上冥思修炼。

所谓勤能补拙，仅仅三天时间，他已经能够将火球术掌控得很好，可以释放出直径五厘米左右的火球了。

哥里斯偶尔会指点阿呆火球的一些用法，比如怎样让火球的温度升高，怎样让火球的体积变大，怎样控制火球在空中飞舞等。出乎意料的是，一向愚笨的阿呆学起这些应用之法，竟然很轻松，很快便掌握了。

阿呆控制着火球围绕着自己的身体旋转，他暗暗想：即使以后老师死了，自己也不用再怕冷了，有火球来取暖的感觉真好。

还好哥里斯所会的魔法中并没有读心术，否则非得被阿呆的这个想法气得七窍出血不可。

"老师，我想到门口透透气。"几天相处下来，阿呆已经不那么怕哥里斯了，毕竟，哥里斯不仅没有打过他，而且让他每顿饭都吃饱了。

哥里斯瞥了阿呆一眼，道："把你的火球收起来，就在门口，不要走远了。"

阿呆兴奋地说道："是，老师。"

说完，他随手一挥，将空气中的火球熄灭，兴高采烈地打开船舱门走到了外面。

阿呆站在船舱外的走廊上，抓住栏杆，温暖的阳光照在身上，有种说不出的舒服感。他深深地吸了一口带有一丝咸腥味的空气，看着远方海天交接之处，不由得陶醉了。

"咦？那是什么？"沉浸在大海景色中的阿呆突然发现海面上有一个黑点从斜前方直直地向他们的客船漂移过来，速度很快，而且在逐渐变大。

一会儿工夫，黑点的样子逐渐变得清晰。那也是一艘船，船体呈黑色，大小和客船差不多，甲板上只有一层。巨大的黑色风帆上画着一个白色骷髅头，骷髅头下面有两根交叉的骨头。

阿呆心想：为什么他们的船的颜色和自己搭乘的这艘不同呢？

眼看着黑色大船逐渐靠近，客船上的其他人也发现了这个情况，惊呼声不断传来："海盗！啊！是海盗！"

第4章
海盗来袭

阿呆挠了挠头，"海盗"这个词在他的脑海中并没有什么深刻的印象。

遇到不明白的事情，他决定回船舱请教哥里斯。

对他来说，世界十分新奇，遇到什么，他都想了解一下，即使记不住也没关系。

"老师，老师，外面来了一艘大船，有好多人叫着'海盗'。老师，海盗是什么意思啊？"阿呆跑回船舱，还没有站稳，就兴奋地问道。

哥里斯一惊，立马从床上坐了起来，问道："你说什么？海盗来了？"

阿呆道："是一艘黑色的大船，他们的风帆上画着骷髅头。咱们船上有人喊'海盗来了'，我也不知道是不是。"

哥里斯皱了皱眉头，虽然他并不怕海盗，但还是不愿意在自己全身不适的情况下和他们发生冲突，他在心中盼望着客船上的水手们能应付。

阿呆追问道："老师，海盗到底是什么意思啊？"

哥里斯下意识地说道："海盗就是抢东西的人，他们有时候还会杀人。"

阿呆听了哥里斯的解释，松了一口气，笑道："那就不怕了，我可没什么让他们抢的。啊！老师，您可要小心，您身上的金币和紫色的钱币，他们恐怕会抢的，还是先藏起来吧。藏哪里好呢？"

阿呆一边说着，一边在船舱中四处寻找隐蔽的地方。

哥里斯听了阿呆的傻话，心中却生出了一股暖流。哥里斯暗暗想着：他这是在关心我吗？我已经有多长时间没有这种被关心的感觉了？

哥里斯有些烦躁地摇了摇头，抓住阿呆，一把将他扔到床上，道："你给我安静点！"

阿呆不明白为什么老师会突然生气，只好愣愣地坐在床上，不敢出声。

"当当当当……"

门外不断传来声音，大船猛地一震，站着的哥里斯赶忙扶住一旁的墙壁，他知道，恐怕真的是海盗来打劫了，刚才的声音正是挠钩抓住船体所发出的。

嘈杂的声音不断从外面传来，哥里斯更加烦躁了，刚才船身晃动，使他的恶心感增强了不少，胃中的酸水不断往喉咙口涌，晕船的感觉实在是太难受了。

"船上的人听着，我们是海盗，赶快将你们值钱的东西都交出来，否则别怪我们动用手中的武器。"

粗暴的叫嚣声从外面传来，这表示海盗们已经开始行动了。

哥里斯知道，海盗并没有那么好说话，即使将钱交出去，对方也未必会放过船上的人。

毕竟，没有哪一拨海盗希望自己被天金帝国的船队围剿，而保守秘密最好的办法，就是让见过他们的人都变成尸体。

沉船是他们一贯的做法，又省事又省时。

哥里斯暗想：看来自己不出手不行了，游泳对自己来说，简直是不可能的事。

哥里斯推开船舱门，走了出去，海面上反射的阳光顿时给他带来强烈的眩晕感，他抓住栏杆，不由得干呕起来。

一双小手出现在哥里斯身后，轻轻地拍着。

哥里斯顿时感觉舒服了不少，吐完最后一口，他扭头看去，只见阿呆正焦急地看着他。

"回船舱去，快点！"哥里斯厉声喝道。

阿呆一愣，虽然哥里斯的声音很粗暴，但是声音中没有了往日的冷漠，反而多了一丝关心。

阿呆并没有动，站在原地和哥里斯对视着，一老一少就那么互相看了许久。

半晌，哥里斯才意识到自己失态了，一把抓住阿呆，将他推进船舱，道："不许出来！"

说完，哥里斯向嘈杂的下层走去。

这群海盗显然是惯犯，一个个都有着不错的身手，他们已经将客船拉到了自己的大船旁，有数十名海盗跳上了客船，挥舞着手中的武器，不停地叫嚣着。

客船的船长带领水手们聚集在大船的前舱，二十多名水手的脸上都露出了惊慌失措的表情。

一名独眼海盗带领着十多名海盗正在和船长交涉，哥里斯释放出一个风系的扩音魔法，船长与海盗交谈的声音便清晰入耳。

"这位大哥，我们愿意把这次航海的利润都交给你们，请你们放过小船吧，我保证不上报，如何？"船长显然知道海盗将会采取什么行动，卑躬屈膝地说道。

独眼海盗哈哈大笑，道："利润？你们能有多少利润，少跟我来这套，老实在这里待着，少管闲事，说不定大爷心情好，会放你们一条生路。如果想要什么花样，那就别怪我手下无情了。"

说完，独眼海盗猛然将手中的弯刀劈向船舷。光芒一闪，发出"轰"的一声，船舷上顿时裂开了一道口子。

哥里斯心中一动，这海盗首领的实力不弱啊！刚才看似简单的一击，却蕴含着高手才具有的斗气，刀刃并没有和船舷相碰，就已经造成了不小的伤害。

船长和众水手显然被这威猛的一刀吓住了，一个个不再吭声。

独眼海盗嚣张地冲自己的手下喊道："小的们，动作快一点，完成了这趟差事，咱们就回去喝酒吃肉喽！"

众海盗顿时随着独眼海盗的声音叫嚣起来，第一层船舱的客房基本都被打开，旅客们被拉到甲板上，海盗正在进行着他们的劫掠行动。

若是旅客稍微一反抗，立即就会遭到一顿拳打脚踢。

一时间，人心惶惶，有的旅客已经主动将钱财拿出来献给海盗，以保一时之安。

哥里斯知道到了自己该出手的时候了，这群海盗他还是不放在眼里的，他怕的就是对方将船击沉。

风系的扩音魔法将哥里斯的声音远远地传了出去——"都给我住手！"

海盗船和客船上的所有人都能清晰地听到这个低沉的声音。

独眼海盗神色一变，向声音发出的方向看去，只见哥里斯不紧不慢地顺着楼梯走了下来。

独眼海盗心中暗想：不会这么倒霉吧，难道遇上了魔法师？

独眼海盗连忙大喊道："大家住手！"

众海盗显然看出了首领的顾虑，都聚拢到他的身边，一时间，上百道目光同时集中在哥里斯身上。

哥里斯干咳了两声，勉强抑制住眩晕的感觉，朝海盗首领道："立刻离开这艘船。"

海盗们面面相觑，都等待着首领发话。独眼海盗上下打量着哥里斯，他心中也在打鼓，他们这群海盗已经很长时间没有打秋风了，这回好不容易碰到一条大鱼，又怎么会轻易撒手呢？可是，眼前的这个人似乎是一名等级不低的魔法师，魔法师的实力他还是清楚的。

"先生，您是魔法师吗？"独眼海盗试探着问道。

哥里斯并没有回答他的问题，冷哼道："我再说一遍，立刻离开这艘船！"

没等独眼海盗发话，一名身材壮硕的海盗忍不住了，上前一步，挥舞着手中的狼牙棒，道："你个老东西，我看你是活腻味了！"说完，他双手握住足有五十斤重的狼牙棒，猛然向哥里斯砸了过去。

从房间下来之前，哥里斯早已在身上施加了风系魔法，当然不会被眼前的莽汉吓倒，他身体微微一缩，已经飘到了三尺之外。

在轰然一声巨响中，莽汉手中的狼牙棒深深地砸入了木制的甲板内。

哥里斯伸出右手，五指微微一动，一团淡青色的粉末飘出，精准地落在莽汉的狼牙棒上。

一阵声音响起，莽汉吓了一跳，他手中的狼牙棒突然发热，他下意识地松开手，吃惊地发现自己那根精铁打造的狼牙棒竟然正在渐渐熔化，变成了黑色的铁水，难闻的味道从其中散发出来。

莽汉惊恐地后退几步，指着哥里斯道："你……你到底是什么人？"

哥里斯刚才撒的青色粉末，是他自己炼制的熔金粉，几乎可以熔化一切金属。

独眼海盗上前几步，一把将莽汉拽了回去，客气地冲哥里斯道："这位先生，您一定是炼金术士。在下有礼了。"

哥里斯伸出右手，低声念了几句咒语，当初在黎叔面前熔化木桌的黑色火焰再次出现在他的掌心之中。

黑色火焰在阳光的照射下，看上去分外诡异，那独眼海盗吓了一跳，有些发呆地看着哥里斯。

哥里斯冷冷地说道："难道还要让我再重复第三遍吗？"

正在独眼海盗不知所措之时，一个浑厚的声音响起："我当是谁在挡我的财路，原来是大名鼎鼎的魔炎术士哥里斯啊！"

哥里斯心中一惊，这个声音似乎是从四面八方传来的，使他无法辨别对方的位置，这对不擅近战的魔法师来说是大忌。最让他惊讶的是，来人竟然知道自己的身份。

哥里斯连忙念咒语，一层黑色的雾气从他体内发出，将周围三尺之内完全笼罩。

"别紧张，我又怎么敢跟哥里斯大师动手呢？"一道黑色的身影从海盗船上出现，轻巧地落在哥里斯面前。

哥里斯透过黑雾打量此人，这个人身材高大，和他的装束差不多，也用一件黑色的大斗篷遮住了全身，隐隐显出了健壮的身躯。

但是，哥里斯清楚地感觉到，这个人身上没有魔法元素波动，那么这个人并不是魔法师，斗篷似乎只是为了掩盖身份而已。

"老大。"所有的海盗同时恭敬地冲黑衣人行礼。

黑衣人抬起手，海盗们顿时安静下来，他冲哥里斯道："哥里斯大师，你我井水不犯河水，你又何必来触我的霉头呢？这样吧，等我们将这里洗劫以后，把船沉了。您上我们的船，想去哪里，我们保证把您送到。如何？"

哥里斯心想：你当我是傻瓜吗？上了你们的船，还不是任你们宰割，我才不会那么笨呢。

"不用麻烦了，我还是那句话，立刻离开这条船。"哥里斯冷冷地道。

黑衣人上前一步，道："既然哥里斯大师如此执着，怎么也要给我们兄弟一个交代才行。"

说着，他整个人闪电般飘向哥里斯，斗篷飘起，几道乌芒向哥里斯划去，速度之快，令人叹为观止。

哥里斯刚才散发的黑暗守护似乎并没有减慢对方的速度，乌芒依旧向哥里斯袭来。

哥里斯的魔法虽然很强，但他毕竟是一名炼金术士，他没想到在自己显示出暗黑之炎的情况下，对方还敢进攻。

哥里斯顿时吓了一跳，危难之际，也顾不上藏拙了，迅速从怀中掏出一个东西丢了出去。

乌芒精准地射在哥里斯身上，但黑衣人大吃一惊，因为他清楚地感觉到自己并没有抓到实体。

黑衣人大喝道："好一个镜影术！"

哥里斯施展的并不是镜影术，因为黑衣人的速度太快，根本没有给他念咒语的时间。他刚才扔出去的，是自己制作的镜影卷轴，卷轴可以在最短的时间内，将其中蕴含的魔法力充分发挥出来，这个镜影卷轴是他的救命法宝之一。

此时哥里斯早已飘到了三丈之外。刚才的情况使得哥里斯不禁出了一身冷汗，如果动作再慢一些，他现在恐怕已经被对方开膛破肚了。

对方的攻击也点燃了哥里斯内心的怒火，他对着虚空一划，在天空中划出一道细细的裂缝，一把只有一尺长的黑色手杖飘了出来。手杖非金非木，看不出是什么材质的，手杖的顶端有一颗直径一厘米左右的红色宝石。

哥里斯抓住手杖，不断吟唱着咒语。

黑衣人很清楚，如果让哥里斯将魔法完全释放出来，自己不可能是其对手。在哥里斯刚刚抓住手杖的时候，黑衣人就已经发出了第二次进攻，斗篷下射出无数道乌光，犹如一张巨大的光网向哥里斯罩去。

哥里斯仍然不断地念着咒语，在空间裂缝中抓了一把东西撒了出去。无数道哥里斯的幻影出现在天空中。黑衣人的攻击顿时没有了准确的目标，绝大多数幻影都在攻击中消失了，但并没有命中哥里斯的本体。

"去吧，黑焰炼魂。"一道黑色火焰从哥里斯的手杖中发出，向众海盗扑去。

黑衣人大吃一惊，他没有想到哥里斯居然厉害到如此地步，融合了黑暗和火两系的黑色火焰，哥里斯居然可以一次发出如此之多。虽然自己不怕，但那些手下只要稍微沾上一点就完蛋了。

想到这里，黑衣人再顾不得隐藏实力，大吼一声："地狱生辉！"乌光以更加密集的程度骤然发出，由下而上，猛然迎上去，斗气暴涨，乌光闪烁间隐隐透着一丝邪恶之气。

哥里斯的黑焰炼魂和黑衣人的地狱生辉骤然碰撞在一起，一阵声响过后，两人面前的甲板被弄出一个大洞。

哥里斯的身体微晃，他在对方使出最后一招的时候，已经确认了对方的身份，同时也明白了为什么自己的黑暗守护对对方并没有效果，黑焰炼魂对方也能用斗气接下来，正是因为其身份。

但是，他并没有呼喊出来，因为他知道，身份是黑衣人最大的忌讳，一旦他说了出来，对方肯定会不死不休，船上也将不会有任何生命存活。

如果哥里斯的身体处于最佳状态，当然不会惧怕对方，但他这几天一直被晕船困扰，体力差了许多，若真的拼起命来，虽然胜的可能性大一些，但自己也必然会身受重创。

正在哥里斯犹豫是和对方谈判还是继续动手的时候，天空中突然出现一个不是很大的火球，火球化为一道优美的弧线，朝黑衣人撞去。黑衣人大吃一惊，他还没有从刚才的碰撞中完全恢复过来，只得仓促划出一道乌光向火球袭去。

"扑哧——"

火球应声而碎，几点火星落在黑衣人的斗篷上，顿时烧出几个小洞。在阳光的照射下，斗篷中闪过一丝淡淡的绿色光芒。

黑衣人心中一凛，刚才这个火球的威力虽然不大，但其中蕴含的火元素十分纯粹，那种感觉就像廷司发出来的一样，他可不敢和神圣廷作对。

再者，光是哥里斯他就已经对付不了了，如果再出现一个廷司的话，恐怕……还是逃命要紧。

黑衣人大喝一声："我们走！"说着，他率先跳回了海盗船。

可是，黑衣人怎么会知道，能发出如此纯粹的魔法的，不光只有廷司，还有一种情况，那就是刚学习魔法的新人。

哥里斯并没有理会落荒而逃的海盗们，他的目光射向客船的第三层，那个位置正是他所居住的船舱，而那个控制精确的火球……

"大法师，谢谢您，谢谢您救了整船的人。"船长跑到哥里斯身旁，由衷地感谢道。

哥里斯看了船长一眼，道："别让他人来烦我。"

说着，哥里斯理也不理船长，扭头向客船的顶层走去。刚才那直径五厘米的火球对他来说太熟悉了。

来时威风凛凛的海盗现在灰溜溜地撤走了，波光粼粼的海面在一阵荡漾之后，又恢复了原有的平静。

哥里斯快速走回到第三层甲板，果然不出他所料，阿呆瘦小的身体扑倒在地。他上前将阿呆抱了起来，催动体内的魔法力，检查着他的身体。其实不用检查他也知道，阿呆是被魔法反噬之力所伤。刚才的黑衣人功力高强，又怎么是只学了三天魔法的阿呆所能抗衡的？

火球术虽然释放出来了，但由于阿呆是用自己的精神力控制的，所以，在火球被破的那一刻，阿呆的精神力也受到了剧烈的震荡，不会保护自己的阿呆自然就被反噬之力震晕了。还好那时候黑衣人的状态并非最佳，否则阿呆会有精神错乱的可能。

哥里斯将阿呆放回床上，阿呆现在最需要的就是休息。他看着眼前这个憨憨的面孔，心中不由得产生了一丝怪异的情绪。

当晚，经历了海盗风波的客船终于成功抵达了目的地——希尔行省的海港城市非斯城。哥里斯居住的瓦良行省和希尔行省接壤，从非斯城到瓦良行省，只需要三天左右。

下船时，船长千恩万谢亲自将哥里斯和阿呆送下船，并将他们的路费退给了哥里斯，哥里斯懒得纠缠，也就收下了。

哥里斯带着阿呆进入非斯城。这里已经远离了极北地区，虽然是晚上，但也比尼诺城暖和多了。

阿呆伸了个懒腰，白天所受的精神创伤，他到现在也没有完全恢复过来，仍然感觉很疲倦，无论再怎么吟唱咒语，火球都没有再出现过。

"老师，我们现在要去哪里呢？"阿呆问道。

哥里斯下意识地回答道："找个地方休息一晚，明天坐马车回我那里。嗯？不是告诉过你，不要多问吗？"

阿呆一愣，没有再说话。

阿呆醒来以后，觉得自己的大脑似乎又清明了一些，之前发生的一切仍然清楚地记得。

哥里斯就在他的身旁守着，见他醒过来，眉头舒展了许多。

阿呆发现这位老师似乎变得人性化了一些，相比之前亲切多了，也不再那么令人害怕了。

今晚的夜色很美，月朗星稀，走在路上，并不觉得灰暗。

哥里斯突然问道："阿呆，白天的时候，你为什么用火球打那个黑衣人？"

阿呆老实答道："我觉得那个是坏人，坏人和老师您对打，我当然要帮您了。您不是说过，火球也有一定的攻击力吗？"

哥里斯冷冷地道："不自量力，你以为你的那个小火球就能帮得了我吗？如果那个黑衣人处于最佳作战状态，你的精神力必然会被他震散，你也就成了废人，成了白痴。

"你个笨蛋，以后动手也要量力而行，对方的功力明显比你高几个档次，你用魔法无非就是找死。"

阿呆傻傻地点头道："哦，原来魔法也有限制啊！"

哥里斯想起白天的黑衣人，不由得说道："今天那个家伙是个暗魔人，而且是暗魔族的高手，他们有着天生抵御暗系魔法的能力，连我的黑炎也因为属性相克，没有发挥出真正的威力。

"这些暗魔人秉性凶残，如果不是忌讳他的身份，我早就杀了他。你记住，如果以后遇到绿色皮肤，双手长有尖刺的怪人，有多远就跑多远，明白吗？咦……我跟你说这些干什么？"

哥里斯觉得自己的头有些疼，和眼前这个傻小子相处了几天，自己似乎发生了一些改变。

阿呆很愉快地说道："谢谢老师，我知道了，以后遇到绿皮肤，手有尖刺的人就跑。"

哥里斯应了一声，指着前面的一家旅店道："咱们今天就住那里吧。"

两人刚要走进旅店，阿呆突然道："老师，您看，那个人好奇怪啊！怎么穿着那样的衣服？"

哥里斯顺着阿呆手指的方向看去，只见一个高大的男子也向旅店走来，男子身上穿着一件白色的长袍，胸口中央有一个金色的六角符号，金色的长发披散在肩上，全身上下隐隐透着一股神圣之气。哥里斯不由得心中一凛，因为这个男子正是神圣廷的廷司，而廷司也正是自己的克星。

哥里斯修炼的魔法是以暗系为主，用来辅助火系的，而廷司的光明魔法因为有神圣廷高级廷司的祝福，其中蕴含着极强的神圣气息，所以他们是哥里斯最不愿意看到的人。

这时那名廷司已经走到他们面前，他低头看了阿呆一眼，又看了看哥里斯，露出善意的笑容，微微点头，走进了旅店。

阿呆问道："老师，他在冲咱们笑，他的笑容好温暖。可是，他为什么会冲我们笑呢？"

虽然只是经过，但廷司身上散发的神圣气息还是让哥里斯感到很不舒服。

哥里斯冷哼一声，道："那家伙是神圣廷的廷司，应该是个低级或者中级的廷司。快走吧，你不饿吗？"

"饿，我好饿啊！老师，咱们今天吃什么？"

"吃什么？我想想……"

待在船上的那几天，哥里斯吃也吃不好，睡也睡不踏实，现在下船了，确实需要补充一下体力了。但是，他发觉阿呆在他面前似乎放松了很多。

吃过饭后，哥里斯和阿呆回到房间美美地睡了一觉。

第二天一早，哥里斯感觉自己的身体状态恢复了许多，而阿呆的精神也好了不少，似乎昨天精神所受的创伤已经康复了。孩子的恢复力就是强啊！

哥里斯打开房门，叫来了侍者，并扔给他一枚银币，叫他去雇一辆马车。

"老师，我们真的要坐马车吗？"

哥里斯皱着眉道："你怎么那么多问题？安静点，去旁边背你的咒语。"

"哦。"阿呆答应着，坐到一旁，回想着哥里斯刚刚教给他的火焰术咒语。

火焰术和火球术不同，火球术的攻击力强一些，但攻击范围很小，而火焰术的攻击力虽然弱一些，吟唱的咒语也相对长一点，但攻击范围要大上许多。

"充斥在天地间的火元素啊！请赐予我燃烧的力量，以我之名，借汝之力，出现吧，灼热的火焰。"

随着咒语的吟唱，阿呆手上出现了一道小火苗，火苗轻轻地摆动着，周围的温度顿时提升不少。

"老师，老师，我成功了！"阿呆兴奋地叫着。

哥里斯没好气地说道："这有什么好兴奋的，不过是个最低级的火系魔法而已。不要把咒语忘了，多背几遍，背的时候，不要背咒语最后一个字。这种低级的魔法，只要咒语没说完，随时可以停下来。就你那点微弱的魔法力，多用几次，一会儿又该晕了。"

"哦，知道了。"阿呆依旧认真地背诵着魔法咒语，一会儿工夫，侍者回来了，告诉他们马车已备好。

就算此时已经坐在马车上，阿呆也仍不敢相信自己居然还能享受到坐马车的待遇。

厚实的软凳让他全身舒坦，他兴奋地东瞧瞧，西看看。坐上马车，他不自觉地又想起了丫头：不知道丫头现在怎么样了，那个老妇人应该会对她好吧。

经过三天的车程，哥里斯和阿呆终于进入瓦良行省境内。

一路上，阿呆见到了许多以前从没见过的东西，虽然哥里斯对他提的众多问题都感到十分不耐烦，但还是一一都回答了。

第5章
往生神果

来到瓦良行省境内西北方的一片大森林中，哥里斯吩咐车夫停下来，支付了马车费，将车夫打发走了。

哥里斯看着面前的大森林，心情非常好，只有回到这里，他才会产生归属感。

三十年前，他迁居到这里，主要是因为这片迷幻之森中有许多珍贵的药材和矿物，住久了，也就习惯了。

三十年以来，除了偶尔出去采购一些生活必需品和特殊的物品以外，他很少离开这里。

经过三十年的实验，他终于有把握完成自己多年前的心愿了，而完成心愿的关键，就在傻傻的阿呆身上。

"走吧，剩下的路途咱们要步行前往了。"哥里斯对阿呆淡淡地说道。

阿呆从来没有见过如此一望无际的大森林，兴奋地说道："老师，您就住在这里吗？这里的空气好好啊！"

哥里斯没有理会阿呆，独自向森林中走去。阿呆赶忙跟了过去，紧紧地跟在哥里斯身后。

这片森林之所以被称为迷幻之森，最主要的原因是森林中根本没有大陆。

由于森林中植物茂密，人们在森林中很难辨认方向，再加上森林的整体地势较高，偶尔吹来的雾气会产生一种神秘感，因此即使是住在附近的居民，也很少会深入其中，唯恐无法走出来。

哥里斯来到这里以后，在森林中布置了许多魔法机关，尤其是一个吸收雾气的机关，更是他的得意之作。

两人赶了半天的路，阿呆已经又累又饿了，咬着牙跟在哥里斯身后。周围一片白茫茫的，能见度不到三米，只要稍微落后一点，他就无法看清哥里斯的背影，心底恐惧的感觉激发了他体内的潜力，使他始终都没有落后。

进入森林以后，哥里斯一言不发，而周围的浓雾让他感到异常舒服。学习黑暗魔法的人都不喜欢阳光，哥里斯也是，凭借着自己在住处布置的定位魔法阵，他根本不用特意去辨认方向。

阿呆紧紧地跟着哥里斯，突然，他脚下不知道被什么绊了一下，"扑通"一声摔倒在地。

哥里斯好像没发觉，依然向前走着。

好疼啊！阿呆吃力地支撑着身子坐了起来，一上午都在急速行进，他的体力早已支撑不住了，眼前一阵发黑，眩晕感传来，他想呼喊哥里斯，却怎么也发不出声音，周围的白雾似乎旋转起来，他再也支撑不住，伏倒在地，昏了过去。

眼前一亮，所有的景物都变得清晰起来，几间小屋出现在哥里斯面前。

"嗯，终于回来了。"哥里斯看着面前这几间毫不起眼的房间，谁又能想到，这里就是他魔炎术士哥里斯的实验室呢？

哥里斯低头看了一眼被自己夹在腋下的阿呆，内心十分兴奋，终于可以做实验前的最后准备了，多年的愿望再过一年就要真正实现了。

进入森林以后，哥里斯故意没有理睬阿呆，其实是想看看阿呆会不会求自己，可是，阿呆的韧性着实让他大吃一惊，竟然坚持了大半路程才昏倒。

以阿呆这样的年龄，即使是吃了九转易髓丸，能做到这种程度也已经很不容易了。

嗯，性格坚韧一些也好。哥里斯如此想着，夹着阿呆走进最南边的木屋。木屋中空荡荡的，只有一张木床和几把椅子。

哥里斯把阿呆扔到床上，自己坐在一边，伸手在空中画出一个六芒星，红色的光芒亮了起来，他默默地感受着魔法元素的波动。良久，他睁开眼睛，满意地笑了。

刚才通过用魔法探察周围布置的魔法阵，他感觉到，在自己离开的这段时间，并没有人来过这里。

哥里斯念出咒语，在空中划出一道裂缝，裂缝中飘出一个竹子编成的提篮，这是他在尼诺城买的。

　　当初他为了寻找一个合适的对象离开森林时，并没有目的地，只是一直向北走，不知不觉间来到了尼诺城。他之所以选择阿呆，是因为他感觉阿呆是一个好掌控的孩子。

　　如果不是真心配合自己做实验的话，即使身体素质再强也不行，而阿呆傻乎乎的，看起来非常好骗，所以他才选择了阿呆。

　　哥里斯提着竹篮来到木屋旁不远处的一片果林中，林中的果实种类繁多，当初哥里斯也是经过很长时间才弄清楚这些果实都叫什么名字，哪些能吃，哪些不能吃。

　　摘了一些可以充饥的果实后，哥里斯回到木屋中，随便吃了几个，就盘膝坐下冥思起来。

　　直到傍晚，阿呆才醒过来，全身的酸痛和周围陌生的环境让他感觉到了一丝恐惧。

　　他连忙坐了起来，看到端坐在床对面冥思的哥里斯，这才松了口气。

　　他没有去打搅哥里斯，只是朝四周看了看。周围十分空旷，几乎一眼可见，并没有什么特殊之处。他的目光很快就被哥里斯身旁那把空椅子吸引住了，不，准确地说，是被椅子上那一篮色彩鲜艳的水果吸引了。

　　阿呆的右脚刚一沾地，钻心的疼痛使他险些叫出声来。可是，果子的诱惑力实在太大了，他强忍着疼痛，小心翼翼地挪到椅子前，看了一眼呼吸均匀的哥里斯，悄悄提起篮子走回床边。

　　他仔细数着果子的数量，一共有十七个，颜色各异，形态各不相同。腹中的饥饿感使阿呆抛下了一切顾虑，他拿起一个果子大口咬下，甘甜的汁水顺喉而下，他感觉全身说不出的清爽，连脚似乎也不那么疼了。

　　阿呆连续吃了八个果子才停下来，虽然没有吃饱，但他还是将剩余的留了下来，小心地放回原来的椅子上。

　　阿呆打开虚掩的门，走到外面，进入眼帘的是白蒙蒙的一片。包括他刚才所在的木屋，这里一共有三间屋子，北边的那间最大，看上去足有五六十平方米。

　　在房屋周围三十米范围内，没有任何雾气和植物，三十米以外，则完全被雾气笼罩着，雾气中隐约可以看到高大的树木，就连天空上方也被雾气笼罩着，无法看到阳光。

　　由于已经是傍晚，天色逐渐暗了下来，周围透着一丝诡异。这……这就是老师的家吗？

　　当阿呆刚走出房间时，哥里斯就睁开了眼睛。早在阿呆下床的那一刻，他就已经从冥思中清醒过来，阿呆所做的一切，他都十分清楚。看着面前剩余的九个果子，哥里斯的情绪不停地变化着。

　　站起身，哥里斯轻轻叹了一口气，走出房门，他看到阿呆正愣在那里。

　　"阿呆。"哥里斯喊道。

　　"啊！老师，您醒了。我……我刚才吃了您几个水果。"阿呆低下了头。

哥里斯温和地说道："那本来就是给你准备的。这里就是老师的家，以后也是你的家。"

阿呆被哥里斯突如其来的温和态度吓了一跳，印象中，他可从来没见过哥里斯会有如此表情。

哥里斯那一直遮住头顶的斗篷已经取了下来，满是皱纹的脸上挂着一丝淡淡的笑容。

"老……老师，我要帮您做点什么呢？"阿呆连忙问道。

哥里斯深吸口气，道："今天什么都不用做了，从明天开始，你就给我打下手吧。老师要做一些实验。"

"哦，好的。"阿呆乖乖应道。

第二天清晨，天还没有完全亮，阿呆就被哥里斯叫了起来。

阿呆穿好衣服，哥里斯带着他来到了昨天采摘果子的树林中，道："这里生长的果实就是咱们以后的食物，你要记住，到这里采摘的时候，一定不要走远，否则会无法辨别方向。明白吗？"

阿呆点了点头，看着面前大片果园，回想着昨天那美妙的滋味，口水不自觉地流了下来。

哥里斯随手摘下几个红色的果子递给阿呆，道："这是米滋果，它可以提供我们身体所需的大部分营养，也是我们以后的主要食物，你要记清楚它的样子。这片林子中虽然水果众多，但并不是所有的水果都能食用，有些是含有剧毒的，以后我会慢慢告诉你。你今天的任务，就是要记住米滋果的形态，明白吗？"

阿呆仔细地看着手中形态如同葫芦一样的红色果实，认真地记着它的样子。

"吃了吧，这是你的早饭。咱们回去还有许多事情要做。"哥里斯说道。

吃过早饭后，哥里斯带着阿呆来到了北边最大的那间木屋中。一进木屋，阿呆就愣住了，这间屋子和昨天他住的那间区别非常大，里面摆放着各种奇奇怪怪的东西。

最让他感到奇怪的是周围靠墙的那些大柜子，每个柜子都由众多小抽屉组成，抽屉上都有标签，不过，对于阿呆来说，这些标签上的字只是一种无法辨识的符号。

哥里斯看着自己熟悉的这些实验工具，叹息一声，道："从现在开始，你每天必须记住几样东西的名字，第二天我会考你，如果记不住，就惩罚你少吃一顿饭。今天你要记住的，就是这排柜子上所有的标签。"

说着，哥里斯走到柜子的最左边，指着最上方的抽屉道："这上面的两个字是'硝石'，硝石是我们炼金术士经常使用到的一种东西。这里所有的抽屉中，都存放着一种不同的物品。"

"硝石？硝石。"阿呆不断地念叨着。

哥里斯将最左侧这排抽屉的标签从上到下读了一遍，阿呆跟着背诵。

随后，哥里斯将他留在这里，自己则到一旁开始了准备工作。

阿呆的记忆力实在太差了，整整一天的时间，他竟然重复问了哥里斯三十多遍，才勉强记住这十个标签的名字。

从这天开始，阿呆也开始了他反复记忆的过程。

刚开始时，他第一天记住的东西，第二天必然会忘，哥里斯虽然嘴上说不给他饭吃，但总是在第二顿多给他些水果。

阿呆感受到了哥里斯的关心，便更加努力去记这些以前从来没有见过的文字。

阿呆每天的任务，就是采摘他和哥里斯需要吃的果实和背诵这些标签的名字。而哥里斯则天天都在摆弄他的那些实验器具，利用魔法配制着什么。

到了晚上，哥里斯不让阿呆睡觉，而是让他打坐冥思。

一开始阿呆还很不适应，往往会在第二天背诵标签的时候睡着，但经过一段时间以后，阿呆的精神越来越好，打坐冥思也成了他最好的睡眠方式。

打坐一个晚上，可以让他第二天精神百倍。

阿呆唯一感觉到遗憾的，就是来到这里以后，哥里斯再也没有教过他任何魔法咒语。

阿呆闲着无事的时候，只能用小火球和火焰术来解闷，偶尔哥里斯心情好，还会教他一些简单的文字。

三个月后，经过阿呆坚持不懈的努力，他终于将所有的标签以及果林中所有果实的名称全都记住了。

他虽然记得慢，但一旦完全记住的东西就很难再忘记。无论哥里斯说出哪个标签的名字，他都能立刻找到相对应的抽屉。

"好了，从今天开始，你正式成为我的学徒工，辅助我做实验。"哥里斯淡淡地说道。

"是，老师。"

这三个月以来，哥里斯对阿呆的态度始终是不冷不热，一切家务都是由阿呆来做。

哥里斯除了晚上打坐冥思以外，全部时间都待在实验室中。

哥里斯凝视着面前的小鼎，沉声道："硝石一小块，银锭一两，天风花三钱，快。"

"是，老师。"阿呆快速把哥里斯需要的东西递到他手上。

哥里斯将这些物品放入小鼎之中，接着道："红棉一两，清水一盆，快。"

哥里斯接过阿呆递来的东西，将它们全都放入小鼎中。

他看了阿呆一眼，道："用你的火焰术在鼎下加温，没有我的吩咐不能停止。"

"是，老师。充斥在天地间的火元素啊！请赐予我燃烧的力量，以我之名，借汝之力，出现吧，灼热的火焰。"

顿时，一道红色中微微泛青的火苗出现在阿呆手上，他小心地将手伸入鼎下，集中注意力，控制着火苗的大小。

哥里斯看到那泛青的火苗，不由得一愣，阿呆释放出的火焰竟然已经达到了初级魔法师的水准。

只是三个月的时间啊，他怎么也没想到这个笨小子的魔法力竟然增长得这么快。

更令哥里斯惊讶的还在后面，本来他以为阿呆能坚持十分钟就已经很不错了，但二十分钟过去了，小鼎中的水都快熬干了，阿呆的额头上才渗出细密的汗水。

他能支撑如此之久是哥里斯根本没有想到的，杀机再次从哥里斯的眼中闪过：如果真的好好教导这个小子，说不定不出十年，他就能达到甚至超过自己现在的水准呢。

"好了，你熄灭火焰，去再打一盆清水来，然后拿一两水晶粉。"哥里斯冷冷地道。

"是，老师。"

阿呆这才松了一口气，长时间使用火焰术使他感觉到一阵阵眩晕，他当然不明白这是魔法力消耗过多的后果。坚持二十几分钟，这已经是他现在的极限了。

阿呆擦了擦额头上的汗水，赶忙将哥里斯要的东西拿到他的身边。此时哥里斯手上的黑色火焰已经代替阿呆刚才的火焰术，小鼎中的几种物品已经完全熔化成糊状，呈淡绿色。

哥里斯从阿呆手上的容器中抓起一把水晶粉，均匀地撒向面前的小鼎。

"哧"的一声，一道绿色的火苗冲天而起，火苗一闪即灭，一股淡淡的清香飘在空气中。

和哥里斯相处了三个月，阿呆早就不会因为这些异常的现象而感到吃惊了，而是老实地待在一旁看着。

鼎中的物品凝结成一团绿色的固体，哥里斯皱了皱眉头，叹息道："还是不行，看来没有熏风草是炼不成了。"

熏风草阿呆知道，柜子上有一个抽屉是放熏风草的，只不过里面那一株株淡蓝色的小草已经用完了。

哥里斯盖上小鼎，扭头对阿呆道："阿呆，我可能要离开一段时间，去找些熏风草回来。熏风草只有华盛帝国才有，真是麻烦。我走的这段时间，你就在这里好好看家，明白吗？"

听到哥里斯要走，阿呆心中突然产生一种空落落的感觉，问道："老师，您要去多久啊？"

哥里斯道："快则一个多月，慢则恐怕要两个月了。你饿了就吃林子里的果实，渴了就喝房屋后的山泉水。记住，一定不要深入迷幻之森，否则迷了路，你就会饿死在里面，知道了吗？"

阿呆点了点头，道："老师，那您快点回来。"

哥里斯心中一暖，这三个月以来，无论自己怎么对阿呆，阿呆都欣然接受，任何差遣阿呆都立刻去做，到后来，有时只要自己一伸手，他就知道自己想要什么，如此乖巧的学徒工，到哪里去找啊！但是，为了那最后的实验，他不得不……

哥里斯用力地摇了摇头，似乎是想将自己的善念晃走，而后对阿呆冷冷地道："好了，你去打坐冥思吧，我明天一早就走。"

"是，老师。"

刚才长时间维持火焰术，阿呆确实感觉到很疲倦，他独自走回房间打坐冥思去了。

第二天一早，哥里斯收拾了简单的行装，准备出发。

"阿呆，别忘了我昨天跟你说过的话。对了，这个给你。"哥里斯拿出一本不算很厚的书递给阿呆。

阿呆一愣，道："老师，这是什么？"

哥里斯神色复杂地看了阿呆一眼，道："这是我的实验笔记，里面共有三部分，分别是炼制药品的方法、辨别毒药的方法和炼制兵器的方法。你无聊的时候可以看看，上面的字基本上都是标签的名字，那些简单的词语大部分你都能看懂。不过，你要记住，看书是看书，你绝对不能去实验室自己做实验，明白吗？能看懂多少，就看你自己的造化了。"

阿呆握着这本用皮革制成的书，眼圈红了，他从来没有想过，自己有一天也能看书，对哥里斯真挚地道："谢谢您，老师，您一定要快去快回，阿呆会想您的。"

哥里斯愣了一下，扭过头，冷冷地道："什么想不想的，我用不着你想，好好背书，回来我是要考你的，知道吗？"说完，他头也不回地走了。

阿呆紧紧地将书搂在怀里，泪水顺着脸庞流下，从此，在他心里，又多了一个比馒头重要的人。

哥里斯离开以后，阿呆为了不让自己的老师失望，每天除了打坐冥思和吃东西以外，都在牢记笔记中的内容。

哥里斯在笔记中用的词都很容易理解，再加上这么长时间的相处，阿呆基本上能够明白其中所说的意思，越看，他就越被其中的神奇之处所吸引。

但是，他是个非常听话的孩子，即使再好奇，也没有走进实验室去尝试。

这天，他清晨起床，先简单地看了一遍笔记。

哥里斯已经离开一个多月了，阿呆这一个多月的努力也终于有了回报，他竟然将笔记中所有的内容都记在了脑子里。

在阅读到最后时，阿呆发现笔记的最后一页好像被撕掉了。

他并没有多想，以为是哥里斯怕内容太深奥，他看不懂，才撕掉的。

阿呆重新记了一遍笔记中的内容，然后走进果林，准备采摘自己今天三餐所食用的果实。

一进果林，他突然闻到一股异常浓郁的香气。他辨别着香气传来的方向，不由自主地走了过去。

这片果林他再熟悉不过了，即使是闭着眼睛，他也能走出去。

香气从果林深处传来，十分浓郁，不断刺激着阿呆的嗅觉。

好香啊！不知道是什么东西。

终于，在阿呆不断的探索中，他找到了香气的源头，是一棵火红色的小树，这棵小树以前是没有的，似乎是一夜之间长出来的。小树没有叶子，火红的树干像水晶一样晶莹剔透，在树干的最顶端，有一个乳白色的果实，果实的表皮下似乎不断有光芒在流转。

阵阵浓郁的香气正是从果实中散发出来的。阿呆蹲下来，仔细看着眼前的果实，回想着笔记中炼药篇上记载的那些植物，可是，直到他将整个炼药篇都回想了一遍，也没有找到确切的答案。

这到底是什么果子呢？它真的好香啊！

阿呆小心翼翼地用手指轻轻碰了果子一下，乳白色的果实在他的碰触下突然从小树上掉了下来。阿呆吓了一跳，下意识地将果实接到手中。

一股温暖的感觉从果实中传了出来，清新的气味更加浓郁了。

红色的小树在果实掉落后，竟然渐渐枯萎了，几秒钟的工夫，红色的小树完全缩进了地下。

阿呆虽然不知道这是什么果实，但清晨的饥饿感让阿呆已经有些迫不及待，他将果子捧到面前，仔细地看着。

这么香的果实总不会有毒吧？

想到这里，阿呆再也忍耐不住，一口咬住果子。一股清凉的汁水顿时流进他的口中，汁水没有任何味道，他下意识地将它吞咽而下。

清凉的感觉直达肺腑，好舒服啊！三两口，一个白色的果实就被他吃掉了。

阿呆刚想起身返回木屋，突然，小腹中涌起一股寒流，寒流迅速地扩散着，顷刻间充满了他的经脉。

冷，好冷，阿呆不断地颤抖着，从体内产生的寒流使他再也无法站立，扑通一声倒在地上。寒流仿佛已经冻入骨髓，不断刺激着阿呆的神经。

阿呆心想：完了，完了，为了一时的口腹之欲，要被冻死了。

阿呆的皮肤表面渐渐结出一层寒霜，眼前的一切也逐渐变得模糊起来。突然，在恍惚间，他发现刚才红色小树枯萎的地方有一道红色光芒正不断闪烁着。

他全身颤抖着，下意识地伸手一抓，将一个软软的红色果实抓入手中。滚烫的感觉从果实中传入他的掌心，他冻僵的手掌顿时灵活了不少。他心中一喜，也顾不得这颗果实是否有毒，趁着身体还能动，一把将红色的果实塞入口中。

滚烫的热流顺喉而下，刹那间冲入体内的肺腑之中，先前的冰冷感觉顿时缓解了不少。

阿呆刚松一口气，小腹突然剧烈地绞痛起来，一冷一热两道气流分成两派，不断在他的五脏六腑中纠缠攻击，似乎要把一切都撕裂一般。

"啊——"阿呆疼得在地上打起滚来，不断地呻吟着。可是，在这一望无际的迷幻之森内，又有谁会来救他呢？

冷汗涔涔，阿呆的脸一阵红一阵白，在冷热两股气流的肆虐下，身体不断地痉挛着。

其实，他不知道的是，如果没有当初哥里斯给他吃的那颗九转易髓丸，以他原来那虚弱的身躯，早就被这强大的能量冲破经脉而亡了。

阿呆所吃的两颗果实，即使是哥里斯亲眼看到也辨认不出，但以哥里斯的谨慎，是绝对不会随便吃不认识的果实的。

这两颗果实是吸取天地之精华孕育而成的，需要经过成千上万年才会成熟，名叫往生果。这种果实必须红、白两颗同食，才能发挥出它最大的功效。其药力也非常霸道，一旦将其中蕴含的药力完全吸收，吃了它们的人，体内的生命力就会不断扩张，生机将变得源源不断。这种果实也是神圣廷廷司眼中的至宝。往生果最大的好处，就是能够让本体产生一种生命能量，这种生命能量可以减弱任何黑暗能量造成的损害。

在两股能量长时间的纠缠中，阿呆的皮肤表面已经渐渐渗出细密的血珠。长时间承受着剧烈的痛苦，使阿呆忍不住喷出一口鲜血。鲜血喷在一旁的植物上，植物的一边瞬间枯萎，而另一边则结上了冰霜。

直到夜色来临，阿呆体内的两股能量才终于融合，化为一股温暖的气流，不断地在体内运行着。阿呆长出一口气，身上的衣服早已被汗水浸透，九死一生的感觉让他全身发软。他吃惊地发现，自己的皮肤竟然隐隐散发着白色的光芒。

温暖气流所过之处，顿时传来一股暖洋洋的舒适感。阿呆躺在地上仰望天空，大脑异常清醒，之前背诵的笔记内容不断闪过。他心想：终于结束了，我还没死吗？我以后再也不乱吃东西了。

第6章
再次分离

良久，他支撑着身体爬了起来，身上的光晕渐渐隐去，那股温暖的气流扩散于经脉之中，再也察觉不到。除了身上黏黏的，有些难受以外，其他的一切好像和以前相比没有任何变化。

他拖着疲惫的身体走回木屋，接了一些泉水，将脏衣服泡了起来，随便洗了洗身体，就回房间睡了。

第二天一早，他从床上爬起来，感觉精神恢复到了最佳状态。

昨晚是哥里斯走了以后，他唯一没有冥思的一晚。笔记全都背熟了，他决定用冥思来打发时间。

现在他对冥思非常感兴趣，这些天以来，他已经可以释放出青色的火焰，而火球术也有直径十几厘米大了。

他不知道的是，以他现在的魔法力，完全具有了初级魔法师的水准。

哥里斯离开两个月后，终于回到了迷幻之森。这次出行并不顺利，他耗费了许多时间才找到足够的熏风草。

他看到木屋时，发现周围的一切都保持原样，和他走之前相比并没有任何变化。

"阿呆，阿呆——"哥里斯叫了几声。

不知道为什么，离开的这段时间，他竟然经常会想起这个笨头笨脑的小子。

"啊！老师，您终于回来了！"

阿呆飞快地从房间中跑了出来，猛地扑入哥里斯的怀中，喜悦之情溢于言表。

哥里斯仔细地打量着阿呆，两个月不见，这小子的身体结实了不少，皮肤白里透红。

虽然阿呆仍是一副傻傻的样子，但是看起来顺眼多了。

哥里斯尽量将有些激动的情绪平复下来。

他转身对阿呆说道："我又累又饿，你去摘几个果子给我吃，我先休息一下。"

"好。"阿呆痛快地答应着，回屋拿起竹篮，就跑向了果林。

他再回到木屋，发现房间中的椅子上多了一个布袋，而哥里斯正坐在一旁闭目养神。

"老师，我找果子回来了。这是您找回来的熏风草吗？我把它们放到抽屉里去吧。"

哥里斯睁开眼睛，看向阿呆，有些惊奇地道："你这小子什么时候学得机灵了？这些不是熏风草，是给你的。"

阿呆一愣，指着自己的鼻子，问道："给我的？"

哥里斯点了点头，道："打开看看吧。"

"谢谢您，老师。"

阿呆将沉甸甸的包裹抱在怀里，很是兴奋。

这是阿呆第一次收到礼物，他兴奋得身体都不禁颤抖起来。

他缓缓地打开包裹，看到呈现在眼前的一切，不禁愣住了。

包裹中并不是什么珍贵的物品，也不是什么新奇的物品，但对阿呆来说，没有什么比这些东西更让他高兴的了，因为那竟然是一堆白馒头，馒头虽然有些凉了，却并不硬。

阿呆闻着馒头的香味，两行泪顺着腮边流下。他看着哥里斯，哽咽道："老师，谢谢，谢谢您。"

哥里斯状若无事地吃着果子，道："有什么可谢的，就是一些不值钱的馒头而已。本来我想给你带几只鸡腿，可那东西容易坏，就没带。阿呆，我给你的笔记看得怎么样了？"

阿呆从怀中取出保存完好的笔记，递给哥里斯，道："老师，我已经都记住了。"

哥里斯一惊，道："全都记住了吗？你要是说谎的话，可别怪我惩罚你。"

阿呆坚定地说道："老师，我没有说谎，我真的全部都记住了，您可以检查。"

哥里斯道："那好，我问你，用什么样的金属才能炼出最好的兵器？"

阿呆毫不犹豫地回答道："想炼出最好的兵器，必须满足三个条件。第一，要有好的原料。原料根据属性不同，分为光明、黑暗、水、火、地、风这六种，不具有属性的原料属于下等原料，而那些蕴含黑暗或光明能量的原料是最难找的，用其炼出的兵器的威力也最大。光明类的原料有灿金、明银等，黑暗类的原料有钨钢钢母等。"

阿呆顿了顿，接着道："第二，想炼出最好的兵器，必须有稳定的温度，温度越高，炼出的兵器的杂质就越少。您使用的黑色火焰已经具有最高的温度，不过由于黑色火焰是用魔法发出的，无法坚持太长时间，所以只能炼制出一些小型的兵器。

"第三，想要炼制出的兵器具有灵性，就必须根据天气、地理环境来铸造，同样的材质和火焰温度，在不同的天气下和不同的地方，炼制出来的兵器的质量并不相同，比如，在晴天，较高的地方炼制……"

哥里斯听着阿呆将自己的笔记中记录的炼器的部分一字不错地背诵出来，心中的惊诧根本无法用言语来形容。

以阿呆那样的记忆力，要耗费多长时间才能将这本笔记背得如此纯熟啊！

"好了，停下吧，我相信你已经完全背诵下来了。从明天开始，像以前一样，你继续辅助我做实验。我现在要休息了。"

"好的，老师。"阿呆愉快地答应着。

而后，他抱起那堆馒头，坐到床上，拿起一个，用力地咬了一口。他已经有五个月没有吃到自己最爱的馒头了。

第二天，哥里斯开始用他的那个小鼎炼制兵器。

由于阿呆背熟了哥里斯的笔记，根据哥里斯所用的原料，他能清楚地知道会出现什么结果，故而哥里斯炼制兵器的过程相当于给了阿呆一个实验的过程。

让阿呆觉得奇怪的是，哥里斯炼制的都是一些混合金属，这些金属的特性不一，但都非常珍贵。

阿呆看了笔记的内容后才知道，这些金属都可以炼制成非常优质的兵器。哥里斯将这些炼制好的金属小心地收藏起来了，不知道要做什么用。

这天，阿呆帮着哥里斯又炼制好了一块金属，而哥里斯回房间冥思去了，他自己则站在房门口练习火球术和火焰术。

"嗯？这是哪里来的小鬼？"一个戏谑的声音响起。

阿呆惊讶地发现，从迷雾中走出来一个红衣怪人。

此人和哥里斯的打扮很像，红色的大斗篷将全身笼罩在内，看不清面貌。他的手中拿着一根长长的木杖，似乎正在打量着自己。

阿呆有些惊恐地退后了两步，质问道："你……你是谁？"

红衣人傲然地道："我嘛，我是一名伟大的魔法师。"

说完，他伸出和哥里斯同样枯瘦的右手，念了几个咒语，一个直径半米的巨大紫色火球出现在他的手上。

炽热的火焰出现，即使距离十几米远，仍然让阿呆感觉到异常灼热。

看看自己手上的小火球，再看看红衣人手中的紫色大火球，他自惭形秽，收回了魔法。

"哈哈，怎么样，知道什么是伟大的魔法师了吧？"

"哼，在小孩子面前逞什么威风。"

一颗同样直径为半米的黑色火球从木屋中飞了出来，直奔红衣人而去。

红衣人吓了一跳，后退一步，大喝一声，手中的紫色火球飞了起来，迎上了飞来的黑色火球。

红衣人发出的是纯火系魔法的火球，而从房间中飞出来的是哥里斯的黑暗魔法融合火系魔法的黑暗之炎。

就属性来说，红衣人的要吃亏一些，论能量，红衣人的却更加强大。

阿呆只觉得全身一轻，就被一道轻风送出了十米之外。

轰然巨响中，漫天的火星飘洒而出，红衣人不由自主地后退了一步，他怪叫道："大哥，你弟弟我大老远地来看你，你就这么对我啊?!"

哥里斯从房间走了出来，哼了一声，道："你来看我？我看你是黄鼠狼给鸡拜年，没安好心！一看到你那嚣张的样子，我就气不打一处来。哥里松，有什么事快说，我这里可没有什么东西好款待你的。"

哥里松苦笑一声，道："大哥，怎么说我也是你的亲弟弟，你怎么能这么对我呢？对了，他是谁啊？"

说着，他用木杖指了指阿呆。

哥里斯没好气地说道："他是我的学徒。干什么？"

哥里松嘿嘿一笑，道："没想到大哥也会收学徒，这可不像你的风格啊！我看到这小子刚才用了火球术，已经有初级魔法师的水准了。老大，你从哪里找来的好苗子，让给我得了，我到现在还没有一个徒弟呢。"

哥里斯冷哼一声，道："你想都不要想，这小子对我来说重要得很，他除了是我的学徒以外，还有着很重要的作用。"

"啊！老大，你……你不会是……"

哥里斯哼了一声，道："进来说吧。阿呆，你在外面守着，没有我的吩咐，不许进来。"

阿呆应了一声，愣愣地看着哥里斯和哥里松走进木屋。

他在心中暗想：为什么他们说的好多话我都听不懂啊？这个红衣怪人是老师的弟弟吗？

房间内。

哥里松问道："大哥，难道那小子就是你找来做最后那个实验的吗？"

哥里斯哼了一声，道："你说话小心点，知道吗？"

哥里松叹了口气，道："大哥，你可真够狠的啊！不愧为魔炎术士。我看那孩子傻乎乎的样子，倒是挺可爱的，你又何必……"

哥里斯听了，突然烦躁起来，冷冷地道："我的事你少管，有话快说，如果你就是来这里管闲事的，就给我滚。"

哥里松嘿嘿一笑，一点都没有因为哥里斯的话而生气，道："算了，算了，我才懒得管你的事呢，只是可惜了一个好苗子啊！我这回过来，主要是为主上求你点事，希望你能答应。"

说完，他用木杖一划，一道空间裂缝出现了，而后他又念了几句咒语，一只布袋飘飞而出，落在地上。

"这布袋里面的是主上给你的订金，他想要你过些日子的实验成果。"

布袋自动打开，里面竟然有满满一袋钻石币，数量足有上千个之多。

哥里斯好像没看到一样，冷哼一声，道："想要我的实验成果？别做梦了，我谁也不会给的。"

哥里松叹了口气，道："大哥，不是我说你，你留着那些东西有什么用呢？尤其是最后的实验成果，你造出它，不就是为了名传于世吗？你又何必看得那么重呢？要我说，你还不如和我一样，只做个……"

哥里斯打断了哥里松的话，怒喝道："少废话，把这些破玩意儿都拿回去，我说了不卖就是不卖！"

哥里松沉默了一会儿，又道："算了，既然你不愿意卖我，强求你也没意思，主上那里我自己会去交代的。不过，那个孩子似乎很有魔法天赋，你还是多考虑考虑吧。"

他顿了顿，接着又说道："为了一件东西就牺牲一条生命，你真的觉得值吗？”

哥里斯毫不犹豫地说道："值。为了这件东西，即使死一千个人也是值得的。"

哥里松苦笑一声，道："既然你这么说了，我也就不劝你了。好了，大哥，你多保重吧，我走了。如果你改变主意的话，可以用老办法通知我。"

说完，他大步向门口走去。

"等一下。"哥里斯叫住了他，"我的实验不一定成功，如果成功了，会通知你的，你自己要小心一些。"

哥里松深深地看了哥里斯一眼，走出了木屋。

哥里斯坐在原处，并没有相送。

哥里松走出去，看了阿呆一眼，叹了一声，道："小子，你自求多福吧。"

说完，他念动咒语，周围的空气躁动起来，托着他，轻飘飘飞入了浓雾之中。

阿呆愣愣地看着哥里松的身影消失，半天没有说话。

"阿呆，你还不快练习火焰术，傻愣着干什么？"

"哦！充斥在天地间的火元素啊！请赐予我燃烧的力量，以我之名，借汝之力……"

又过去了三个月。

虽然哥里斯并没有教，但是阿呆仍然从他那里学到了不少关于炼金术士的知识，现在的阿呆已经不像刚来时那样什么都不懂了。

在哥里斯眼里，阿呆完全是一个合格的学徒工了。正是由于得到了他的辅助，哥里斯准备的一切都进行得异常顺利，比自己当初预计的大大提前了。

阿呆由于当初吃下往生果时承受的痛苦太大，因此他并没有将此事说出来，他怕哥里斯知道自己乱吃东西会生气。

在阿呆看来，现在哥里斯是最重要的人，因为是哥里斯让他走出了黑暗的尼诺小城，让他能够吃饱穿暖，能够学到这么多新奇的东西。

哥里斯宛若一位慈祥的长者，阿呆对他只有深深的尊敬之情。在内心深处，阿呆甚至早已把他当成了自己的父亲。

随着时间的推移，哥里斯的内心越来越纠结。

他清楚地知道，想要完成自己的那个心愿，阿呆是最关键的。可是，如果实验成功了，阿呆必然会因此丧命。

长时间的相处，他不知不觉间有些欣赏这个傻小子了，一向心狠手辣的他竟然犹豫起来。

但是，实验结果的魅力让他抛却了心中的一切顾虑。

那个心愿对他来说实在是太重要了，可以说，他一生的研究都要通过他人生中也许是最后一次的炼制来实现，那是千年才出现一次的天象啊！

如此难得的机会，很多大师级别的炼金术士即使等上一辈子也无法等到。

欲望战胜了感情，哥里斯决定一切照常。当那个日子来到的时候，就开始最后的炼制。

这天，哥里斯将阿呆叫到身边，对他说道："阿呆，你来这里也有八个多月了吧。"

阿呆掐着手指算了算，点点头，回道："是啊，老师，我来这里都有八个多月了。"

哥里斯又道："我明天要离开这里，去寻找一样非常重要的原料，这里还是由你来照料。"

阿呆一愣，问道："什么？老师您又要走啊？"

哥里斯郑重地说道："那样原料我必须找回来，它关系到一个很重要的实验。你务必看好家，我估计要三个月后才能回来。"

阿呆心中充满了不舍，道："老师，您能不能带我一起去？"

哥里斯看着阿呆充满期望的目光，心中暗叹：我怎么能带你一起去呢，我之所以离开，就是为了疏远你，这样一来，最后我才能狠下心用你来做这个实验。

想到这里，哥里斯一咬牙，道："好了，别做小儿女之态了，我又不是不回来。"

阿呆哽咽着道："老师，老师，您一定要快点回来啊！阿呆会想您的。"

哥里斯点了点头，道："走之前，我教你一个火焰魔法的应用，你要好好练习。这八个多月以来，你的魔法力进步还算快，已经可以使用这个火焰魔法了。"

若是平常哥里斯说要教自己魔法，阿呆一定会兴奋得跳起来，可是今天不同，他对哥里斯的不舍之情远远超过了对于学习魔法的渴望。

　　哥里斯没有从阿呆脸上看出高兴的神色，不由得一愣。

　　这段时间，阿呆曾经几次求自己再教他几招魔法，可自己都没有同意，这回自己主动提出来教他魔法，他怎么一点都不兴奋呢？

　　哥里斯忍不住问道："怎么？你不想学吗？"

　　阿呆摇了摇头，道："不，我想学，可是，我更想让您留下来。阿呆想和老师待在一起。"

　　哥里斯心头一热，喉咙仿佛被堵住了，差点就答应了他。

　　半晌，这一老一少就那么默默地相对着。

　　"阿呆，老师答应你，这次再回来以后就不走了，好吗？"哥里斯温和地说道。

　　他清楚地明白，如果再不离开这里，自己恐怕就无法狠下心来用阿呆做实验了，所以他只能说谎。

　　阿呆听了，大眼睛顿时亮了起来，多了一分往日没有的神采。

　　"真的吗？老师，那……那我等您回来！"

　　哥里斯点了点头，道："好了，现在我教你一个火流星的魔法，这个魔法的基础就是火球术和火焰术。你要认真听，有什么不懂的，今天就赶快问我，知道吗？"

　　阿呆点了点头，集中精神聆听哥里斯对于火流星魔法的讲解。

　　火流星魔法其实就是用多个火球大面积攻击敌人的一个初级火

系魔法，这个魔法最大的特点就是会随着施法者的魔法力的大小而产生不同的威力。

哥里斯如果使用的话，可以释放出包含着黑色火焰的火流星，威力之大，可以达到高级魔法的水准。

"在施展火流星这个魔法之前，你必须将火焰术和火球术融合起来。你看，你现在用的火焰术，已经可以燃烧起青色乃至发蓝的火焰了，但是，你发出的火球却依然只是红色的，这是不行的。你必须……"

足足听了一上午，阿呆才将火流星魔法的原理和使用方法勉强记了个七七八八。

哥里斯怕他忘记，还将火流星魔法的使用方法写了下来，以便他能更好地练习。

下午，阿呆就练习起来，有什么疑问，一一向哥里斯请教。而哥里斯出奇地温和，不厌其烦地给他讲解。

终于，傍晚，阿呆已经可以施展出火流星魔法了。不，准确地说，是他已经可以发出一片火星了，不过威力较小，只能烧穿树叶而已。

哥里斯告诉他，自己回来的时候，希望能够看到他发出一片单个火球直径达一厘米的青色火流星。

第二天一早。

哥里斯简单地收拾了一下，在阿呆醒来之前，怀着复杂的心情，悄悄地离开了。

他要找一个地方静静心，为最后的实验做好心理准备。

老师走了，阿呆感觉无比寂寞，比起老师第一次离开，这次阿呆更加想念老师，他总是一个人坐在木屋前，看着老师离去的方向发呆。

对阿呆来说，火流星这个魔法还是很深奥的。虽然他不断地努力练习，但是效果很小，根本谈不上有什么威力。

两个月很快就过去了。

这天，阿呆从迷雾中摘回了果子，吃过早餐。

修炼魔法前，阿呆坐在木屋前小心翼翼地掏出了那个闪烁银光的馒头，祈祷着哥里斯快点回来。

当初，哥里斯给他带回来的馒头他没舍得都吃掉，留下了一个，并趁着哥里斯洗澡的时候，偷偷进入实验室，用炼器之法给馒头包了一层银锡。

哥里斯炼制的这种银锡最大的特性就是能保鲜，那也是阿呆独立完成的第一个实验。

哥里斯当然知道阿呆做了什么，但他假装不知道，并没有揭穿阿呆。

阿呆那次的做法也在哥里斯心中留下了深深的痕迹。

抚摩着馒头外面的银锡，阿呆小声地念叨着："老师，两个月了，您应该快回来了吧。您快回来啊！阿呆好想您。"

"叮叮当当——"

挂在屋檐上的铃铛突然响了起来。

阿呆心中一惊，站了起来。

这个铃铛是当初哥里斯布置的，其中有着特殊的魔法装置，只要有人入侵木屋周围三里的范围，铃铛就会响。

这个装置的绝妙之处是其中设置的魔法阵可以辨别人和兽，也就是说，如果野兽进入到这个范围内，铃铛是不会响的。

木屋方圆一里范围以内有着哥里斯另外的布置，那是野兽无法逾越的天堑，所以，一直以来，这里从来没有遭到过野兽的袭击。

阿呆知道，来的人绝不会是哥里斯，因为哥里斯会沿着一条固定的路线回来，是不会触动警报装置的。

难道……难道是外人来了？

谁会来这里呢？

虽然周围有哥里斯布置的种种机关，但阿呆还是紧张起来。

他按照哥里斯当初所说的方法，去辨别铃铛的声音，他发现外人是在北边触动了装置，正是哥里斯回来的方向。

难道……难道真的是哥里斯老师回来了？是老师不小心触动了机关？

会吗？会是他吗？

所谓关心则乱，阿呆不禁担心起来。

三里外的地方虽然也有雾，但是要稀薄得多。

来到这里十个月了，周围的一切阿呆早已摸清。虽然他还不知道如何走出迷幻之森，但在周围十里范围内可以清楚地辨别方向。

不行，哥里斯老师也许受伤了呢，一定是哥里斯老师，我要去接他。

强烈的预感促使着阿呆向外跑去，冲入了迷雾之中。

阿呆拼命地飞奔，他早已忘了哥里斯不许他跑出太远的叮嘱。一路上，他辨别着方向，不断地前进。

对于身体健康的他来说，三里路并不算什么，很快，他就跑出了浓雾弥漫的区域。

"当！"

"啊！"

"啊！"

兵器碰撞声和惨叫声不断传来。

阿呆心中一急，当即朝着声音传来的方向奔去。

远远地，他就看到十几个人正在拼杀，地上还躺着一具尸体。

他小心地躲在一棵大树的后面，辨别着其中是否有哥里斯老师的身影。

半晌，他并没有发现哥里斯那熟悉的身影，不由得有些失望。

经过一番观察，他发现那里一共有十二个人。

这十二个人分成了两派，其中十一个黑衣人是一派，他们正围攻一名挥舞着阔剑、身材高大的男人。

由于距离不近，阿呆很难看清他们的模样，只能通过衣服的颜色辨认。被围攻的男人的衣着最明显，是灰白色的。

各种颜色的光芒不断地在这群人的身上闪烁，周围有大片树木被狂暴的斗气炸得支离破碎。

即使身处百米之外，阿呆仍然能感觉到那群人的可怕，那澎湃的劲气使得周围充满了肃杀之气。

在他眼中，不论是哪一个，都比自己当初在船上遇到的海盗头目，也就是哥里斯嘴里的暗魔人要厉害许多。

尤其是那名身材高大的白衣人，他足有一米九高，肩宽背阔，单手挥舞着阔剑，却像挥舞一片羽毛一样轻松。

尽管是以少对多，但是那个被围攻的白衣人并没有吃多大的亏，手中的阔剑闪烁着白色的光芒，不断将那十一个人的攻击一一化解。他的剑法大开大合，带着一往无前的气势。

除了他以外，其余十一人用的都是窄剑，剑身和他们的装束一样是黑色的，如果是夜晚，那不反光的剑刃将很难被看到。

十一柄窄剑不断寻找着白衣人身上的破绽。

忽然，那个白衣人没来由地晃了一下，一柄窄剑趁机刺向他的肩头。

白衣人的身上骤然散发出强烈的白色光芒，他改用双手握住阔剑，猛地抡起，带起三道光弧。

虽然窄剑并没有刺中他的肩膀，但是那尖锐的剑气还是划破了他的衣服。

十一名黑衣人在骤然迸发的庞大能量面前显得束手无策，同时退到了十米之外，窄剑斜指地面，凝神注视着面前的白衣人。

其中一名黑衣人开口了，他的声音低沉而沙哑："冥王老大，算了吧，别再挣扎了。如果你处于最佳状态，我们绝对不会来找死，可是，你中了无二圣水的剧毒，能坚持到现在已经很不错了。

"跟我们回去交差吧。以你在组织中的地位，好好向主上认个错，他一定会原谅你的。"

第7章
冥王一闪

白衣人冷哼一声，同样发出了低沉而沙哑的声音："你当我是三岁小孩？就算我跟你们回去又怎么样？你以为那个禽兽会有无二圣水的解药？你别忘了，无二圣水可是天下第一奇毒，是没有解的。就算他有解药，我也绝对不会回去再向他卑躬屈膝，我恨不得杀了他，我真傻，直到那时才看清他的真面目。你们走吧，看在你们跟了我这么久的分上，我放你们一条生路。灭十一已经死了，你们难道愿意和他一起去做冤魂吗？"

由于他们都停止了战斗，站在原地对峙，所以阿呆勉强可以看清他们的脸上蒙着一层面纱，包括被称为冥王的白衣人在内，谁的容貌都无法看到。

阿呆听到"无二圣水"这个名字时，大吃一惊，那是哥里斯笔记中记载的唯一一种没有解药的毒药。

哥里斯还说过，他曾经专心研究过无二圣水很长时间，它异常珍贵，只有天金帝国的皇宫里才存有少量，是皇帝赐死重臣时才会用的。

哥里斯在笔记中对无二圣水推崇备至，无二圣水的名字就是取独一无二的意思，其制作方法早已失传。天元大陆上残留的无二圣水极为稀少，在黑市中的价格极高，曾经达到一滴一千钻石币。

如果将一滴无二圣水融入清水，其剧毒可以让半个城市的居民变成亡魂。

中了无二圣水的毒的人，只能凭借功力压制，却无法将毒驱除。一旦功力消耗殆尽，必然被毒气攻心而亡，包括骨骼在内，全身会化为一摊蓝色的毒水。

黑衣人道："老大，说实话，我们都很佩服你，虽然从来没有真正见过面，但是你的冥王剑是我们根本无法匹敌的。我灭一敢说，天元大陆上能和老大你对抗的人寥寥无几，但现在你的大半功力都用来压制无二圣水的剧毒了，绝对无法坚持太长时间。你的冥王剑使不出来，怎么能将我们全部解决呢？

"你说得没错，无二圣水确实没有解药，但以你现在的功力，只要有我们在一旁辅助，压制剧毒几年应该是没有问题的，你又何必非要寻死呢？你和主上之间发生了什么，我们不知道，也不想知道，我们要做的就是带你回去。老大，你应该知道主上的脾气，如果我们无功而返的话，恐怕等着我们的，将会是比死亡更加可怕的责罚。"

冥王叹息一声，道："既然你们如此执迷不悟，那就别怪我心狠手辣了。"

他随手将长达五尺的阔剑插向地面，大半截剑身插入泥土之中，右手摸到自己的胸口，静静地注视着眼前的十一名黑衣人。

虽然只是一个简单的动作，却令那十一名黑衣人异常顾忌，同时后退三步之远，抬起了手中的窄剑。

他们的眼中流露出惊恐之色，似乎看到了什么可怕的事物。

白衣人冷冷地道："你们以为我中了无二圣水的剧毒，就不能用冥王剑了？既然你们逼人太甚，就别怪我不客气了。"

"等一下。冥王老大，你真的还有用冥王剑的能力吗？"

白衣人冷哼一声，一股森冷无比的邪恶之气以他为中心迅速蔓延开来。

周围百米范围内，树木微微地颤抖着，树叶发出沙沙的响声，像是它们的呻吟声。

十一名黑衣人手中的窄剑同时闪烁着不同颜色的斗气光芒，他们似乎在等待着什么。

阿呆突然感觉到全身发冷，那冰寒而邪恶的气息通过身体的毛孔不断地朝他体内渗透。他不禁打了个寒战，心中暗想：这个人好恐怖啊！

滔天的邪恶之气充斥于天地之间，阿呆的身体不断颤抖起来。就在他快忍不住大叫出声之时，体内突然出现一股祥和之气，将渗入体内的邪恶之气驱赶出去。

他的身体变得暖洋洋的，顿时舒服了不少。

十一名黑衣人同时动了起来，他们的窄剑爆发出强烈的光芒，同时刺向白衣人的胸口。

　　"冥王一闪天——地——动——"白衣人的身体突然变得不真实，那似真似幻的身影一闪而逝。

　　邪恶之气从他的身上骤然迸发，一点幽蓝色的光芒随着他的身影一现既隐，一股邪恶之气顷刻间将黑衣人的攻击完全笼罩在内。

　　邪恶之气收敛，众黑衣人又回到了刚才的位置，白衣人依旧站立在阔剑之前，他们似乎都没有离开过原地。

　　"扑通！扑通！"没有任何预兆，右边的两名黑衣人悄无声息地倒了下去。

　　灭一大惊失色，颤声道："你……你，冥王剑，是冥闪吗？"

　　刚才那毁天灭地般的攻击早已夺去了他的心智，冰冷的邪恶之气不断地冲击着他全身的经脉，他没有任何信心和眼前之人抗衡了。他并不怕死，但不愿意做无谓的牺牲。

　　白衣人的右手仍然放在胸口，淡淡地道："第一次，这是第一次有人看到冥王剑出击却还能活着，看在往日的情分上，放你们一马。你们回去后，应该可以交代了吧。"

　　灭一看了看变成干尸的灭六和灭十，一咬牙，恨恨地道："带上他们的尸体，我们走。"

　　说完，他单脚点地，飘飞到灭十一的尸身前，抄起他的尸身。

　　其余的黑衣人都没有说话，其中两人将灭六和灭十的尸身夹在腋下，这剩余的九人保持着整齐的队形，缓慢地后退着，消失在迷雾之中。

白衣人自嘲地笑了笑，自言自语道："没想到，我冥王也有需要靠欺诈来保命的一天。"

身体一晃，他一把抓住面前的阔剑，喃喃道："好厉害的无二圣水啊！我要死在这里了吗？"

随即，他的身体一软，倒在一旁。

本来白衣人凭借自己精纯的真气勉强将无二圣水的毒性压制住了，但为了能赶走那群黑衣人，不得不催动真气，使出了绝学，这样一来，毒性再也无法压制，他也坚持不住了。

阿呆揉了揉眼睛，刚才的那一幕是那么不真实，那异常澎湃的邪恶之气在他内心深处留下了深刻的印象。

他从来没有想过，居然有人能够发出威力如此强的攻击，即便他的老师哥里斯在使用黑炎时散发的邪气，也根本无法和眼前这个白衣人的邪恶之气相比。

如果不是白衣人昏倒在不远处，他以为自己在做梦。

他不知道的是，这次自己捡回了一条命，因为白衣人身上散发出来的邪恶之气连灭一那样的高手都会受到侵扰，更何况是身体单薄的他。如果不是往生果那源源不绝的生机帮他驱除了邪恶之气，他早就经脉错乱而死了。

半晌，阿呆逐渐清醒过来。他缓缓地站起身，一步步朝白衣人走去。

他想看看，哥里斯推崇备至的无二圣水被人吃了，到底会有什么情况发生。

短短百米的距离，阿呆却走了五分钟之久。

阿呆能清晰地听到自己的心跳声，对于十二三岁的他来说，刚才发生的一幕只能用"恐怖"二字来形容。三条活生生的生命啊，就那么轻易地消失了。

终于，阿呆走到了白衣人的身旁，他蹲下身体，仔细地打量着白衣人。

白衣人的脸上蒙着一层白色的面纱，只有眼睛的部位留有两个小孔。

"没死？"阿呆吓得坐倒在地。

这个人竟然还没死！

白衣人躺在那里，身体轻微地颤抖着。

阿呆恍然想到，这个人一定就是哥里斯老师所说的功力深厚之人吧。他一定是压制住了体内的无二圣水的毒性，所以才能坚持到现在。

虽然哥里斯老师并没有找到无二圣水的解药，却想出了一种可以暂时克制其毒性的方法，只是苦于没有找到真正的无二圣水，才没有实验过。

哥里斯说过，如果能死在无二圣水的剧毒之下，也算是一种福气，而且他一直都因为没有真正实验过抑制无二圣水毒性的方法而感到遗憾。

救他吗？阿呆的脑海中闪过一个念头。

下一瞬，他小心地摘掉白衣人脸上的面纱，一张清瘦而英俊的中年人面庞出现在眼前。

白衣人的皮肤白皙，两道剑眉斜飞入鬓，鼻直口方，脸上有一层淡淡的蓝气，蓝气在不断地升腾着。他牙关紧咬，似乎陷入了无尽的痛苦之中。

阿呆左看右看，怎么也看不出面前的中年男子是坏人。他觉得刚才的那些黑衣人才是坏人，而这个白衣人是为了自保才会杀那些黑衣人的。

救救他吧，顺便帮哥里斯老师实验一下抑制无二圣水毒性的方法是否有效。

此时，他显然没想过，白衣人如果醒了，会不会对他不利。

当即，阿呆不再犹豫。

他清楚地知道，时间再拖得久一点，面前的这个人就没救了。

他拉起白衣人的手臂，搭在自己瘦弱的肩膀上。

好沉啊！阿呆用尽全力拉了一下，却只将白衣人拉动了一点点，他又试了几次，却依然没法将他的身体移动多远。

这可怎么办？

阿呆蹲在白衣人的身旁，抹了抹自己额头的汗水，愣在那里，不知所措。

啊！不能把他拉回去，就在这里救他好了，我真是笨死了。

阿呆敲了敲自己的脑袋一下，转身就往木屋的方向跑去。

回到木屋之中，他直奔哥里斯的实验室。

早已将笔记背得滚瓜烂熟的他，清楚地记得抑制无二圣水的毒性需要什么东西。

"嗯，银母三两，水晶粉一两，灭心草半两。咦？老师说过，这灭心草可是有剧毒的，怎么用半两这么多？算了，不管了，老师说的应该是对的。清机霜四分之一两，熏风草三分之一两……"

阿呆仔细地将笔记上注明的原料都找了出来，并将它们都放入小鼎之中。

而后，接来一些清水，倒了进去，用药杵搅和了几下，满意地点了点头。

"老师，您回来后可不要怪我啊，我是为了救人才擅自用您的东西的。"憨厚的阿呆念念不忘当初哥里斯对自己的嘱咐。

而后，他搓了搓手，兴奋地自言自语："好了，我要开始了。充斥在天地间的火元素啊！请赐予我燃烧的力量，以我之名，借汝之力，出现吧，灼热的火焰。"

"哧"的一声，一道青蓝色的火苗从阿呆的手心冒出。他小心地将手掌移到鼎下，让火焰的外焰不断地给小鼎加热。

由于不断练习，现在阿呆施展火焰术时已经相当熟练了，冥思了十个月的他可以轻松地控制火焰的温度。

一会儿的工夫，水就沸腾了。

阿呆知道，这些原料中，只有银母不好熔化，所以他在银母中放了哥里斯特制的一些没有任何药力的速熔粉。

即便如此，也足足耗费了一个小时左右，他才将所有原料完全融合到一起。

半晌，他用另一只手抹了一下额头上的汗，长出一口气。

维持了一个小时的火焰术，他的魔法力快达到极限了。

终于，水分基本蒸发了，他满意地看着眼前糊状的银色液体，从柜子中拿出一个银制的模具，将鼎中的银色液体小心地倒入模具之中。

模具变得滚烫后，他才小心地将模具放入准备好的清水之中。

"哧——"一股白烟从模具中冒出。

阿呆松了一口气，他知道自己要做的东西已经完成了。

一会儿的工夫，模具完全冷却下来。他小心地将模具拿了出来，在桌子上打开，十颗银色的小球出现在视线之中，银球中散发出一股淡淡的香气。

啊！太好了！成功了！

他抓起一颗银球，快速跑了出去。

已经过了一个多小时，不知道那个白衣人怎么样了。

阿呆跑回白衣人昏倒的地方时，发现那个白衣人竟然不见了，就连那柄插入地底的阔剑也消失了。

阿呆愣愣地站在原地，有些不知所措。

突然，他感觉脖子一凉，一柄巨剑的剑尖出现在颈侧，肩膀上仿佛压了千钧重担，整个人动弹不得。

"你是什么人？"一个低沉的声音在他的身后响起。正是那白衣人的声音。

阿呆想转过身，剑上的力量突然强了起来，压得他跌倒在地。

剑尖指在阿呆的胸前，白衣人再次问道："你是什么人？"

原来，早在阿呆离开之前，白衣人就已经清醒过来了，但由于要将所有功力都用来压制无二圣水的毒性，所以他当时没有丝毫力气反抗。

他只知道，自己身边还有另外一个人的存在，而那个人似乎没有伤害自己的意思，还拉了自己两下。

阿呆离开后，他好不容易又控制住了毒性，但他知道以自己现在的体力是走不远的，索性拔出阔剑，隐藏在一边。

当阿呆返回的时候，他看到的是一个满脸兴奋的瘦小孩子，而且没有任何功夫。

他稍稍放松了警惕。

"我……我是阿呆。"阿呆怯生生地说道。

阿呆？还有这样的名字？

白衣人不由得一愣，又问："你为什么会在这里？刚才你干什么去了？"

"我……我就住在附近啊！刚才去做药了，你中了无二圣水的毒，必须赶快救治才行。"

听了阿呆的话，白衣人大吃一惊，失声道："什么？你能解无二圣水的剧毒？"

阿呆摇了摇头，老实地回道："我解不了，但是，我的老师有一种方法可以暂时压制无二圣水的毒性，使其无法发作。"

白衣人顿时大喜，而后却冷冷地道："那这么说，我之前和那些家伙的对话你都听到了。你为什么要救我？"

森然的杀气从他身上散发而出，虽然深受无二圣水的剧毒困扰，但是他仍然可以轻而易举地杀了阿呆。

阿呆挠了挠头，虽然白衣人身上散发的杀气让他觉得很不舒服，但是他能察觉出对方并没有恶意，只是为了自保。

"救人也需要理由吗？"

白衣人被他问住了，沉声道："你真的要帮我压制无二圣水的毒性？"

他现在已经是强弩之末，所有的真气几乎都用来压制无二圣水的毒性了，手中的阔剑很重，他有些承受不住了，胳膊都在微微颤抖着。

阿呆点了点头，道："是啊！"

白衣人追问道："那你有把握吗？"

阿呆摇了摇头，道："没有。这是我第一次做药，以前只看过老师做别的药，不过，我是完全按照老师的笔记上的配方做的，我的老师可是伟大的炼金术士。"

白衣人心中一惊。

炼金术士？看来，这个孩子真的不是主上的人。他一松手，将阔剑扔到一旁，冷冷地看着阿呆，道："我暂且相信你。药呢？快拿来。"

他心想：反正也快撑不住了，倒不如试一试，也许能够好一些，顶多就是一死而已。

阿呆"哦"了一声，将手中的银球递了过去。

白衣人接过银球，却不由得愣住了，心中暗道：这么沉的东西，是能吃的吗？

他问道："这个就是药？"

阿呆点了点头，道："是啊，这就是药。老师的笔记上写着这个药只适用于功力高深的人。吞下去以后，银球会自动将无二圣水的毒气吸附在周围，使之不再扩散。不过由于其中有银母的成分，为了不使它压迫到内脏，必须用什么真气托在体内。可惜这东西不能将无二圣水的毒性完全压制，否则，真的可以解毒。无二圣水的毒气虽然被吸附，但还是会慢慢地渗入到你的体内，所以用这个方法只能抑制住毒性而已。"

听了阿呆的解释，白衣人不由得又信了几分。一咬牙，将银球吞入腹中。

阿呆道："对了，把银球吞下后，你必须用真气将毒性归拢，这样银球才能把毒气都限制在一定范围之内。"

白衣人当即盘膝坐在地上，半信半疑地按照阿呆所说的方法催动真气。

果然如阿呆所说，那些乱窜的毒气一接近银球的范围，就被吸了过去，被完全控制在一个狭小的范围之内，白衣人再也不用自己拼尽全力压制毒性了。

他用自己至强的真气在聚拢的毒气外面包上一层，这样就不会有阿呆所说的毒气慢慢渗入体内的情况。从某种意义上来讲，无二圣水的毒性不可能再威胁到他。

但他也清楚地知道，五成功力要用来控制银球和包裹毒气，以后再不能在打斗中发挥全力了。

白衣人吐出一口气，睁开了双眼。

阿呆急切地问道："怎么样？怎么样？你好些了吗？我老师的方法有效吗？"

白衣人的脸色缓和了许多，微微点头，道："已经好多了，谢谢你。"

阿呆憨憨地一笑，道："不用谢，不用谢，有效就好了。不过，你以后可要一直维持着银球悬浮在体内，若是毒气扩散了，可能会发作得更剧烈。我走了，再见。"

说完，阿呆站起身来，揉了揉有些酸痛的肩膀，转身向迷雾中走去。

"等一下，"白衣人叫住了阿呆，"你叫阿呆是吧，你救了我，有什么要求吗？"

身为高傲的冥王，他是不允许自己欠下别人人情的，同时，他也想试探一下，面前这个傻乎乎的孩子是不是另有目的。

阿呆一愣，然后摇了摇头，道："我没什么要求，不过，你以后能不能不杀人？虽然那些是坏人，可你杀了他们，他们就吃不了馒头了。"

白衣人的脸上露出一丝笑意，道："你怎么知道他们是坏人，又怎么知道我是好人呢？"

阿呆挠了挠头，回答道："我也说不好，可能是因为你长得不像坏人吧，而那些穿黑衣服的又不像好人。不过，你杀人的时候好恐怖啊。"

白衣人神色一动，眼中闪过惊讶之色："这么说，在我们动手的时候，你就躲在一旁，你的身体有没有什么不适？"

阿呆摇了摇头，道："没什么不适啊！好了，我要走了，老师的实验室被我弄乱了，我必须赶快回去收拾一下，否则，过些天他回来，一定会骂我的。"

说完，他转身朝木屋的方向走去。

白衣人犹豫了一下，再次叫住阿呆，道："你能不能带我到你那里休息一下，我的体力透支了，必须吃些东西，好好地休息一下，否则功力不足，会无法控制银球的。"

阿呆想了想，道："不，我不能带你去，要是老师知道了，会不高兴的。"

白衣人微微一笑，道："不会的，你的老师若是知道你救了人，夸你还来不及呢。何况，你救人救到底吧，你把我扔在这里，待会儿那些坏人去而复返，我还是会死啊！"

白衣人温和的笑容打动了阿呆，他犹豫了一下，道："好吧，不过，你休息一下就要赶快走，我的老师可能不久就要回来了，他不太喜欢生人。"

"好，我休息一下就离开。"

白衣人想要看看阿呆究竟住在什么地方。

炼金术士的家对他有着一定的吸引力，最重要的是，他想了解一下阿呆为何不怕自己的冥王剑散发出来的邪恶之气。

白衣人毕竟功力精深，即使被无二圣水的剧毒折磨多天，圣水的毒性被阿呆制作的银色小球所吸附，他还是可以独立行走。除去控制银球的功力以外，他依然有着两三成左右的功力。

阿呆带着白衣人很快来到木屋。

白衣人看到眼前的一切，不由得暗暗惊叹，道："这些都是你老师弄的吗？他一定是大师级别的炼金术士。嗯，好精巧的魔法阵设计啊！"

哥里斯从来没有和阿呆说过什么是魔法阵，阿呆听出白衣人在夸奖自己的老师。

阿呆笑道："是啊，我老师很厉害的。你累了吧，我先带你去休息，然后给你找点吃的，吃完之后就睡一觉，也许会好一些。"

白衣人点了点头，和阿呆一起来到那间布置简单的木屋。

他也不客气，盘膝坐到床上，凝神修炼起来。这几天，他的精神始终处于紧张状态，身体又一直被无二圣水的剧毒折磨，确实需要好好地调息一下。

阿呆并没有打搅他，去果林摘了一篮子水果，放在白衣人身旁，悄悄地退了出去。

到现在，他还在为今天成功炼制出银球帮助白衣人克制了体内无二圣水的毒性而兴奋不已。

他不知道的是，哥里斯当初研究出这个方法，连自己都没有把握能够成功，因为这个方法完全是在理想状态下才有可能实现。最重要的是，中毒者必须具有异常浑厚的真气才行。

如果是一般人中了无二圣水的毒，估计早就化为一摊蓝水了，即使是修炼精神力量的魔法师，也根本无法承受天元大陆排名第一的剧毒。

而阿呆面前这个被称为"冥王"的白衣人绝对是天元大陆上数一数二的高手，也只有他这个层次的人，才能够始终用真气控制着银球吸附毒气，并使毒气不至于扩散。即便如此，为了控制银球，他也耗费了五成功力。

出了木屋，阿呆先把实验室所有的东西都恢复原状，然后在屋外聚精会神地练习火流星魔法。

现在使用这个魔法时，他几乎可以控制了，只是魔法的威力还太小，即使被击中，也很难造成什么损害。

火流星的每一个部分都是只比火星大一点的微小火球，除了树叶，恐怕连一般的皮革都烧不穿。

火流星魔法毕竟接近中级魔法阶段，再加上今天阿呆已经用了很长时间的火焰术，修炼了一会儿，他就感觉到很疲倦了，坐在木屋门口的阶梯处，斜倚着一旁的木墙，睡着了。

"阿呆，醒醒，醒醒。"

不知道过了多长时间，阿呆感觉有人在拍自己的脸，迷迷糊糊醒了过来。

阿呆睁眼一看，正是自己救回来的白衣人。他的气色好了很多，脸上的蓝气消失不见了，显然完全控制住了无二圣水的剧毒。

"啊！大叔，您休息好了。"

白衣人点了点头，道："是啊！你很累吗，回房间睡吧，天都黑了。"

阿呆这才注意到天色已晚，周围有着浓浓的雾气，显得很神秘。他站起身来，活动了一下有些僵硬的身体，向房间内走去。

本来他早已想好了，等白衣人休息好，就立刻让他走。可是，他看到天这么黑了，就打消了这个念头，毕竟在森林里走夜路非常容易迷路，还是让他先在这里住一晚再说吧。

第8章
被逼而去

回到房间，阿呆看到竹篮里的水果少了一半，扭头问白衣人："大叔，您怎么不多吃点？这些水果不好吃吗？"

白衣人微微一笑，道："不，这个水果的味道非常好，是我吃过的最甜的，不过，吃了半篮水果，我已经饱了，你也吃点吧。"

他越看阿呆，越觉得傻乎乎的阿呆很是可爱。要不是阿呆，自己恐怕早已克制不住无二圣水的毒性而丧命了。

阿呆也不客气，抱起篮子就吃了起来，一会儿的工夫，剩余的水果就被他一扫而空。

吃饱了，阿呆顿时精神了不少，看着面前容貌英俊，脸上露出微笑的白衣人，他不禁问道："大叔，那些人为什么要追杀您啊？他们还给您吃下无二圣水，老师说过无二圣水是很值钱的，追杀您的那群人是不是很有钱？"

白衣人莞尔一笑，道："是啊，他们确实很有钱。我是不小心被他们下了毒，否则他们不敢就派那么几个人来追杀我。"

说着，他下意识地摸了摸自己的胸口，眼中闪过一丝冷厉。

阿呆点点头，道："他们好坏啊，居然给大叔吃如此有剧毒的东西，要是把大叔给毒死了，大叔就不能吃馒头了。大叔，您可要小心些啊！"

白衣人看着阿呆清澈的目光，心中一暖。

多年来，他所见到的都是尔虞我诈，所以无时无刻不在提防这些人。可是，面对好心的阿呆，他很放松，可以做回真正的自己。

"阿呆，你能炼制出克制无二圣水毒性的银球，那你的老师一定是很了不起的人，能告诉我他的名字吗？"

阿呆爽快地说道："当然可以，我的老师叫哥里斯。"

白衣人闻言一愣："哥里斯？魔炎术士哥里斯！"

这个人他当然知道，他是天金帝国中为数不多的大师级炼金术士之一，可是，在他的印象里，这个哥里斯并非好人。

虽然没听说他做过什么邪恶之事，但是他修炼的是黑暗魔法，而修炼黑暗魔法之人的心性都偏于阴暗。

阿呆兴奋地道："是啊，就是哥里斯老师。大叔，您认识我的老师吗？"

白衣人摇了摇头，道："我不认识你的老师，但我听说过他的名字，他确实是一位相当了不起的炼金术士。但他此时怎么不在这里呢？"

"是啊！我的老师最了不起了。"说着，阿呆神色一黯，"可惜老师为了寻找一些特殊的原料出去了。老师不喜欢生人，大叔，明天一早您就离开这里吧。您体内无二圣水的剧毒有银球控制着，只要您始终维持真气，几年内应该没有问题了。"

白衣人微微一笑，道："我明天一早就会离开。阿呆，你和你的老师在一起多久了，他对你好吗？"

阿呆道："快一年了。老师把我从尼诺城里救出来，他对我可好了。跟了老师以后，我就再没挨过饿，现在每天都有美味的果子吃。上次老师出去后，还给我带回了馒头呢。"

看着阿呆脸上满足的神色，白衣人道："对了，阿呆，你和你的老师都学了什么？"

阿呆回道："魔法啊！老师教了我好几个魔法呢。"

话落，阿呆立刻献宝，念动咒语，释放出一个火焰术，青蓝色的火焰在他的掌心中燃起，顿时让屋内变得明亮。

白衣人点点头，道："不错啊，你只修炼了一年魔法就有这样的成就已经很不错了，可以算是初级魔法师了。"

他心中却暗暗琢磨，如果只是修炼了魔法，按理说，阿呆不可能有抗拒冥王剑邪恶之气的能力，但事实摆在眼前，邪恶之气没有对阿呆造成一点伤害。

冥王剑可以说是天元大陆上最邪恶的武器，能不被它影响，必然有着特殊的原因。

想到这里，白衣人追问道："阿呆，除了魔法，你就没学过别的吗？"

阿呆收回火焰，想了想，道："哦，还有，我把老师关于炼金术士的笔记都背下来了，所以才能为大叔炼出银球，其他的就没学过了，阿呆很笨的。"

白衣人知道阿呆不会说谎，可从阿呆的言语中，根本无法找到一丝关于其抵抗邪恶之气的可能。

"在遇到哥里斯之前，你是做什么的呢？"他仍然没有死心，继续问道。

阿呆低下了头。他虽然脑子不灵活，但也明白做小偷并不是什么光荣的事，嗫嚅了半天，才将自己以前的遭遇说了一遍。

听完阿呆的叙述，白衣人有些疑惑。

以哥里斯的为人，根本不可能好心收留阿呆，并把无比珍贵的九转易髓丸给他吃，哥里斯一定是有什么目的。

而九转易髓丸的作用只是驱除人体经脉中的杂质，巩固经脉，并没有抵抗邪恶之气的可能。

就算是神圣廷的普通廷司也很难抵御得了冥王剑散发的邪恶之气，阿呆这么小却能做到，没理由啊！

"阿呆，你过来，让我看看。"

"哦，好的。"阿呆没有多想，上前几步，走到白衣人面前。

白衣人伸出三指，捏住阿呆的脉门。

阿呆顿时感觉到一股温暖之气输入体内，全身暖洋洋的，说不出的舒服。

"啊！这……这怎么可能？阿呆，你的体内怎么会有如此强大的生命力？"

即使是面对一切都不会被影响的白衣人冥王，也不禁被阿呆体内那股纯净的浩然生命力惊到了。因为阿呆体内蕴含着勃勃生机，根本就不是这个年纪的他所能拥有的。

阿呆挠了挠头，疑惑地问道："生命力？什么是生命力？我不知道啊！"

白衣人急切地说道："阿呆，你快告诉我，你是不是吃过天材地宝之类的东西？哥里斯给你吃过特殊的东西吗？"

阿呆想了想，道："没有啊！我每天就是吃些果子，老师给我带回来过几个馒头，其他的就没吃过了。"

白衣人心中一动，接着问道："阿呆，你带我去果林看看，好不好？"

他现在无比激动。对他来说，阿呆体内蕴含的庞大生命力实在是太重要了。

虽然他的命保住了，但即使是全盛时期的他也不能笃定自己能赢过敌人，更何况现在他最多只能发挥出一半功力。

仇是不能不报的，对他来说，那是刻骨铭心的仇恨，可他已经失去了报仇的本事。

但是，当他绝望之际，阿呆出现了。他相信，如果阿呆体内的浩然生命力不消失的话，凭借自己的能力，只要经过一段时间的调教，必然能把阿呆变成第二个冥王，替自己去完成心愿。

他一点也不担心阿呆的心性，阿呆是他见过的最善良的人，他所要做的就是摸清阿呆体内那勃勃生机的来源。

阿呆犹豫道："可是，大叔，现在天已经黑了，明天早上我再带你去好不好？"

白衣人摇了摇头，坚持道："不，你现在就带我去，这对我非常重要。你不是说过，明天一早就让我走吗？"

阿呆想了想，道："那好吧，咱们现在就去。"

两人出了木屋，在阿呆的带领下直接来到果林外。由于周围完全被迷雾笼罩，月光很难透入，周围漆黑一片，只能看到眼前一两米处的地方。

阿呆小心地释放出一个火焰术，为了能坚持更长的时间，他控制火焰呈现出红色，这样一来，以他现在的魔法力，完全可以支撑一段不短的时间了。

"大叔，进入迷雾中，接下来就是果林了。您可要跟紧我，在里面很容易迷路的。"

进入果林之中，白衣人询问了每一种果子的功效。经过一个多小时的探询，他并没有发现自己想要找的东西，不由得有些失望。

"算了，阿呆，咱们回去吧。"

他们已经走到了果林的深处，即使以白衣人超强的判断力，也很难辨认方向。

阿呆点了点头，打了个哈欠，道："好困啊！回去睡觉了。大叔，您可千万别随便摘果子吃，这里有许多果子有毒。上回我不小心吃了两个果子，肚子疼了好长时间，忽冷忽热的，好不容易才缓过来。"

白衣人心中一动，问道："阿呆，你知道你自己上回吃的是什么果子吗？"

阿呆摇了摇头，道："不知道，那天我本来是想采摘一天的食物，可一进入林子，就闻到一股特别强烈的香味。大清早的，我本来就特别饿，就顺着香味找了起来……"

他将那天的遭遇说了一遍，虽然表达能力不强，但是足以让白衣人听懂。

白衣人听完了阿呆的叙述，叹息一声，道："天意，真是天意啊！没想到我找了那么多年的往生果，居然进了你的肚子。"

阿呆一愣，道："大叔，我吃的果子叫往生果？哥里斯老师的笔记中都没有记载往生果的任何信息，原来您知道啊。往生果很好吗？可我吃了往生果肚子为什么会疼？"

白衣人苦笑道："那不是一个'好'字就可以解释的，走吧，咱们先回去了。"

往生果，往生果，如果我在中毒之前找到你，也许我就能突破当初师傅所说的瓶颈了吧，那我还用得着怕谁呢？没想到，夺天地造化的往生果居然会生长在这里。

回到木屋，阿呆盘膝坐在一张最大的椅子上，对白衣人道："大叔，我要冥思了，您也早点休息吧。"

"阿呆，你先等一下，我有话要和你说。"

"大叔，您怎么了？脸色怎么那么差，是不是体内的无二圣水的毒又发作了？"

白衣人摇了摇头，叹息一声，道："不是无二圣水的毒发作。阿呆，我的名字叫欧文，你要记住了。你当初吃的那颗往生果对于我来说很重要，但是，它已经被你吃了，我希望你能做我的徒弟，因为若是修炼我的这门真气，吃了往生果后有事半功倍的效果。

"你愿意和我离开这里吗？我有很多心愿需要去完成，但你也知道，现在我的功力受到无二圣水的限制，根本无法再去做那些事，所以我希望你能继承我的衣钵，以后帮我完成那些未了的心愿。你愿意吗？"

"不，大叔，我不能跟您走。如果我走了，只剩下老师一个人，他多可怜啊！可惜那个果子已经被我吃了，不能吐出来。要不，明天咱们再到果林里面找找，也许还有往生果呢？"

欧文心中苦笑。往生果这种天材地宝如果随便就会出现，也就不会那么珍贵了。

没想到，居然有人会拒绝自己收徒的请求，这是多少人求也求不来的啊！

但是，他的希望完全寄托在眼前的阿呆身上，如果阿呆不跟他走，他的心愿始终无法了结。

"阿呆，你不再考虑一下吗？"

阿呆摇了摇头，道："不，我不考虑了。大叔，我是绝对不会离开老师的，老师对我那么好，我怎么能舍弃他呢？"

虽然他对面前这个名叫欧文的白衣人很有好感，但他绝对不会因此离开自己的老师。

欧文脸色微微一变，道："阿呆，我问你，你觉得是我厉害一些，还是你的哥里斯老师厉害一些？"

阿呆一愣，脑海中顿时浮现出当初在树林中看到那两名黑衣人变为干尸的情景，身体不由得一颤，道："好像……好像是你厉害一些。"

欧文冷哼一声，道："我坦白告诉你，我的'冥王'绰号不是白来的，死在我手上的人没有一千也有八百。虽然我现在为了克制无二圣水的毒性，无法发挥出全部功力，但是对付像哥里斯这种魔法并不算太高深的人，一招就够了。你相信吗？"

他随手一挥，白色的斗气一闪而逝，椅子的边缘当即少了一角。阿呆从椅子上站了起来，看着眼前和刚才判若两人的欧文，后退几步，颤声道："大……大叔，您……您要干什么？"

欧文的右手轻轻抚摩着自己的胸口，肃然说道："如果你不和我走，你的哥里斯老师恐怕会变成灭六和灭十那样。阿呆，你可要想清楚了，到底是跟我走，还是看着你的哥里斯老师死于非命？"

欧文看得出来，哥里斯在阿呆的心中有着很重要的地位，他也是万不得已才威吓阿呆，对他来说，阿呆实在是太重要了。

阿呆愣了一下，眼睛红了，扑通一声，跪倒在地，哀求道："大叔，大叔，您不要杀老师，阿呆求您了。您让阿呆做什么都可以，就是别杀老师，好不好？"

以阿呆质朴的心性，又怎么斗得过欧文呢？

欧文心中暗喜，脸上的表情顿时放松，道："阿呆，我绝不会害你的，也并不是真心想杀你的老师。只要你跟我走，我保证，你的老师一定能够平安地活下去。虽然你暂时会和哥里斯分开，但以后你学会了我的本领，可以再回来看他啊！"

阿呆委屈地低下了头，他怎么会愿意和老师分开呢？

半晌，他才流着泪道："大叔，我跟您走，但您一定不能伤害老师，行吗？"

欧文心中有些不忍。

他真想不通，以魔炎术士哥里斯的心性，怎么会让阿呆对其如此死心塌地呢？

欧文不知道的是，阿呆从小受过太多的苦，只要人家对他有一点好，他就会深深地记在心里。

"我说话从来没有不算数过，你放心好了，更何况，只要你跟我一起走，咱们天天在一起，你又何必担心呢？不过，我事先和你说好，如果你半途偷跑的话，我会直接返回这里，到时你的哥里斯老师会有什么下场，就不用我说明了吧。"欧文冷冷地说道。

阿呆哽咽道："我……我一定不会跑的，大叔，等我学完您教的东西，您真的会放我回来吗？"

"嗯！我刚才说过，我从来没有说谎的习惯。至于你什么时候达到我的要求，就要看你自己的努力了。"

阿呆点点头，道："我……我一定好好学，我……"他一想到会有很长时间不能和哥里斯在一起了，当即放声痛哭起来。

欧文并没有劝阻，任由阿呆坐在地上发泄，不知道过了多长时间，阿呆似乎哭累了，就那么倚着墙进入了梦乡，脸上还挂着几滴晶莹的泪珠。

欧文轻叹一声，将他抱起，放到床上，自嘲一笑，暗想：我欧文竟然沦落到威吓小孩子的地步了。主上，这一切都是因为你！你等着，当我的徒弟阿呆踏入社会的时候，你的死期也就快到了。莉莉，你安息吧，大哥一定会替你报仇的。

第二天一早。

阿呆从睡梦中清醒过来，却并没有再哭闹。在欧文的注视之下，他默默地将当初来这里时哥里斯给他买的几件衣服收拾起来，打成一个小包，又把昨天自己炼制的剩余十一颗银球收入包中，再采摘回一篮水果，坐在一旁，静静地吃着。

欧文打破沉默，对他说道："让你跟我一起走，是不是很为难？"

阿呆看了欧文一眼，摇了摇头，低声道："大叔，咱们什么时候走？"

欧文叹了口气，将阔剑背在身后，道："现在就走吧。我知道你恨我破坏了你的生活，但对我来说，这是没有办法的事。"

阿呆没有吭声。

在他幼小的心灵中，原本建立起来的对欧文的良好印象已经荡然无存，和黎叔一样，他现在对欧文也只有厌恶之情。

"大叔，能不能让我给老师留一封信？"

欧文点了点头，道："可以，我也留一封信吧，你把纸笔给我找来。"

阿呆虽然心中有些不明白，但还是很快将纸笔拿到了欧文面前，自己则在一旁开始给哥里斯写信。

欧文沉思片刻，写了一封短信，写完后，从外面捡回一块石头，将信压在床头。

"阿呆，写好了没有，咱们该走了，你的老师看了这封信后会知道你是安全的。如果快的话，几年以后，也许你就能回来和他团聚了。"

阿呆低着头，没有说话，他把写好的信同样压在石头下面，几滴眼泪滴落，顿时沾湿了信纸。而后，他背上自己的小包，走出了房间。

欧文当即跟了出去，只见阿呆愣愣地站在木屋前，默默地注视着周围的一切。欧文心中一阵怅然，但长年的锻炼让他的信念异常坚定，他是绝对不会因为一时心软而改变主意的。

"好了，阿呆，咱们要趁早赶路了。"

阿呆"哦"了一声，摸了摸怀中包着银锡的馒头，冲着木屋道："老师，阿呆走了，您一定要多保重啊！阿呆一定会尽快赶回来看您的。"

说完，他跪倒在地，恭恭敬敬地冲着木屋磕了三个响头才站了起来。

"大叔，我……我可不认识出森林的路，来了这里以后，我从来没有出去过。"

欧文微微一笑，道："你只要把我带到当初你救我的地方，我自然有办法带你出去。"

阿呆最后的希望也破灭了，他既希望哥里斯能快点赶回来将自己救下，又怕哥里斯回来会被欧文杀了。怀着复杂的心情，他带领欧文踏入了浓浓的迷雾之中。

他怎么也不会想到，从此以后，他再也没有见到过自己的老师——魔炎术士哥里斯了。

走出迷雾，阿呆深深地感觉到自己是多么留恋这里的生活。在这里，不用去牵鱼，每天都能吃到可口的水果，还有哥里斯老师对他关怀备至，这里的一切都深深地印在他的脑海中。

欧文果然如自己所说，当阿呆带他来到当初他和黑衣人拼斗的地方后，他很快就认清了方向，带着阿呆经过半天的跋涉就走出了迷幻之森。

出了森林，阿呆又重新看到了阳光，强烈的光线让他有些不适应，虽然身体被阳光照得暖融融的，但是他的心无比冰冷。

在欧文和阿呆离开迷幻之森后的第五天。

这是一个阴暗的大房间，房子里异常昏暗，使人很难看清一米开外的景物。

房间里有九个人，正是当初追杀欧文未果却得以幸存的九人。他们静静地站在房间中央，低着头，没有人发出一点声息。

整个房间充斥着诡异的气氛，虚无缥缈的声音仿佛从四面八方传来。

"灭一，你们的任务完成了吗？灭六、灭十、灭十一是不是已经死了？"

灭一恭敬地答道："回禀主上，任务失败，虽然冥王中了无二圣水的剧毒，但是他仍然能够使出冥王剑，我们不是他的对手。"

"哦？既然你们不是他的对手，为什么能活着回来？冥王剑下可是从来没有活口的。"

虽然那虚无缥缈的声音依然平淡，但是灭一身上的衣服已经被冷汗浸湿了，他尽量让自己的声音平稳一些，解释道："主上，冥王毕竟是我们以前的头头，他说看在之前一同奋斗的分上，放我们一马，所以我们才能活着回来。"

"这样啊，那你把整个经过仔细说一遍。"

"是，主上，我们追杀冥王一直到瓦良行省的一片大森林中，本来已经占了上风，就在我们快得手的时候……"灭一将当时的整个过程详细地说了一遍，"就是这样，灭六、灭十和灭十一的尸体现在就在外面。"

"唉！灭一，你入会时间不短了，这可不像平时的你啊！作为一个杀手，冷静分析局势是最重要的。我明白你内心的想法，无谓的牺牲是没有任何意义的，但是，你想过没有，以冥王的心性，他怎么会留你们回来报信呢？如果他当时有能力杀了你们，你们同样会变成一具干尸，'冥王剑出，鸡犬不留'这可不是虚言。

"无二圣水会造成什么效果，难道你不明白吗？虽然冥王的功力高深，但是被天元大陆第一剧毒侵蚀身体，他还能如此轻松地对付你们？你不要忘了，你们灭杀组的可都是组织中的精英。也许，你们离开以后，冥王就无法承受体内的剧毒而昏迷了。如果你们当时再坚持一会儿，也许就能带他回来了。灭一，这回你们犯的错误太大了。"

冷汗不断地从灭一的额头冒出，半晌，他才颤声道："主上，我……我知道错了，请您给我们一个戴罪立功的机会吧，让我们再去一趟那个森林，一定将冥王带回来见您。"

主上的手段他是见过的，即使连死都不怕的他们心中也充满了畏惧。

第9章
石塘小镇

"不用再去了，冥王是不会等着你们回去抓他的。记住我的话，以后遇事一定要冷静。这次的事情我就原谅你们，毕竟冥王以前是带领你们的，你们对他有所顾忌也在所难免，但是如果下次执行任务还出现同样的纰漏，会有什么后果，你们应该明白。"

听主上的意思，是不会惩罚他们了，灭一心中大喜，恭敬地回道："是，主上！多谢主上宽恕之恩。"

灭杀组幸存的九人同时跪倒在地，松了口气。

"好了，你们下去吧，从现在开始，你们一年之内不许踏出总部半步。至于你们见光的身份，自己找理由处理妥当。组织中现在少了冥王，急需你们提升实力，一定要努力修炼，明白吗？灭一，由你暂时接替冥王的职位，作为灭杀组组长。以后如果有什么变化，我会通知你们。"

"是，主上。"灭杀组的九名成员同时恭敬地行礼，而后退了出去，房间中又恢复了寂静。

良久，一个阴恻恻的声音响起："主上，这似乎不合规矩啊，您就这么放过了灭一他们吗？"那个虚无缥缈的声音再次响起。

"你不懂，灭杀组为组织立下了不少汗马功劳，而且现在正是用人之际，培养一名灭杀者级别的杀手需要花费多少精力，难道你还不清楚吗？灭一等九人虽然加起来都比不上号称'天元大陆第一杀手'的冥王，但是派他们去暗杀一些高等级的魔法师还是没有问题的。

"冥王本来是最受我器重的，可惜，他还是没有达到杀手的最高境界——无情无欲。传我的命令，出重金让盗贼公会的人寻找冥王的下落，活要见人，死要见尸！同时，传我的九星灭杀令，让元杀组随时待命，一有冥王的下落，立刻出动，不要活口！中了无二圣水之毒的冥王再没有任何利用价值了。"

"是，主上。"暗室中的红芒一闪而没。

"冥王，想和我斗，你还差得远。"虚无缥缈的声音在房间中回荡。

欧文和阿呆离开迷幻之森一个月后，哥里斯就回来了，他的心情异常沉重。

时间就快到了，即使经过了三个月的深思熟虑，他还是无法完全狠下心来。他孤独惯了，可阿呆的到来给他的生活增添了许多色彩，阿呆的善良、质朴深深地打动了他的心。

不过，实验还是要做，数十年的心愿是他无法放弃的。怀着矛盾的心情，他又回来了。再过一个月，就是神圣历九百八十八年四月，按照他的推算，那是一个千载难逢的好机会。

这一个月，他必须狠下心来，才有可能顺利完成多年的心愿。

"阿呆，阿呆，我回来了！"

哥里斯朝木屋的方向高声喊着，虽然他心里不愿意承认，但是他确实还是很惦记阿呆的。

数声呼唤没有得到回应，哥里斯心中一惊，快步走进阿呆居住的木屋。一切都和他走的时候一样，没有发生任何变化，只是，阿呆却不见了。

走到床前，他将床上的石块扔到一旁，拿起那两封信，不祥之感充满了他的心扉。

他急切地拆开其中一封，信纸上都是龙飞凤舞的字，一看就不是阿呆能写出来的。

哥里斯兄，你好，虽然我们未曾谋面，却神交已久。前日，我被人追杀到这里，幸为令徒所救，深为感激！兄的本事小弟深为佩服，阿呆用你研究的方法帮我暂时压制住了无二圣水的毒性。我偶然发现阿呆体内有一种异常强大的生命力，非常适合学习我的功夫。由于我的功力大减，为了报血海深仇，不得已以兄之生命胁迫令徒阿呆随我而去。

阿呆功成之日，我必放其归来，与兄重聚，伺候于左右。惟兄记挂，特留此信。兄不必担忧，吾必善待之。望兄见谅。

落款是——冥王顿首。

哥里斯的手颤抖起来。他虽然很少接触世事，但是落款这个名字他还是非常熟悉的。

冥王可是成名于三十年前的天元大陆第一杀手，一生之中杀人无数，从未失手。一把冥王剑杀遍天下高手，"冥王一闪天地动，冥王再闪鬼神惊"的形容一点都不过分。没有谁能逃得过他的追杀，他是杀手公会的王牌杀手，早在三十年前，就达到了灭杀者的级别。

"他？怎么会是他？阿呆被他带走了。"

在哥里斯心中，冥王绝对是比他还要邪恶得多的人，当即不由得担忧起阿呆来。

无数疑问充满哥里斯的脑海：为什么冥王会来到这里？他被追杀并不奇怪，毕竟他杀了那么多人，必然是仇家满天下，可是，又有谁有能力给他下无二圣水的剧毒呢？作为杀手，警惕心都是很强的。而且，他为什么要抓走阿呆呢？看他信中所写，似乎对阿呆并没有恶意，反而是准备将自己一生所学传授于阿呆。

此时，哥里斯心中满是对阿呆安全的担忧，竟然完全没有意识到阿呆走了，自己的实验无法再进行。

怀着满脑子疑惑，哥里斯打开了另外一封信，字歪歪斜斜的，明显是阿呆的笔迹，仔细辨认之下，他终于看清楚了信的内容。

老师，我是阿呆。昨天我救了一个人，他非要带我走，说是要传我功夫。我好不想去啊！老师，我真的不想去啊！我愿意和您待在一起，您是世界上对我最好的人，可是，那个人说如果我不跟他走，他就杀了您。我阿呆虽然不愿意离开老师，但是，更不愿意看着老师去死，为了您能平安，我只能跟他走。

老师，您那抑制无二圣水毒性的配方实验成功了，被我救的那个人暂时没了生命危险。当初我趁您不注意，用了您的一点银锡。我还将上次您回来带给我的馒头留下了一个，每当我想您的时候，我就会看看它。老师，如果您想我了，您就大声叫我，我一定能听见的。

那个人说，我学会他的功夫以后，就会放我回来。您一定要保重身体，到时我回来以后，一定会好好伺候您。老师，您的衣服我都洗好了，放在您的柜子里。我救那个人时用了您的一些原料，请您原谅。您做实验时，一定不要忘记吃点东西，您岁数大了，不好好吃饭是不行的。

老师，我要走了，您一定要等我回来。等我回来以后，您一定要再教我魔法啊！老师，再见，保重身体。

信纸的最后一行写着——永远永远想着您的阿呆。

信纸上有几处褶皱，那是被水渍过的痕迹，哥里斯知道那是阿呆临走时流下的眼泪。

虽然信中的字迹有些歪歪斜斜，但是字里行间充满了阿呆对他的思念。

手中的信纸飘然落地，两行清泪顺着他的脸庞流下，他从来没有想过，和自己相处了不到一年的傻小子阿呆竟然会对自己有着如此深厚的感情。

哥里斯流下的是悔恨的泪水，在这一刻，他那多年的心愿已经不再重要了。

他猛然跑到屋外，大声喊着："阿呆，你回来，你快回来啊！老师教你魔法，教你炼金术，你快回来，老师不拿你做实验了。"

他心里真的好后悔，为什么自己要离开这里，为什么自己那么自私，阿呆是一个多么好的孩子啊！他的一生之中，从来没有人如此真心地对待过他。

哥里斯老泪纵横，瘫坐在阿呆每天等待他的地方。整整一天，他都没有移动，周围一如既往被雾气笼罩着。

这一天，他想了很多。当夜幕降临，他才扶着身后的木墙站了起来，身体变得有些僵硬，面容也好像苍老了几分。

"阿呆，你要快点回来啊！老师已经做了决定，等你回来后，你就是我真正的学生了。"哥里斯的内心深处无比痛苦，即使对自己的亲弟弟他也没有过这种异常强烈的思念，"老师给你的太少了，只要你能回来，你一定会看到老师都为你做了些什么。"

哥里斯转过身，蹒跚地走进了木屋，他的背影显得那么孤独。这个一辈子执着于炼金术的老人，此刻才终于明白情感的真谛。

欧文和阿呆经过一个月的长途跋涉，从天元大陆的西端终于来到了位于索域联邦东部的海滨小镇——石塘镇，这里隶属于索域联邦六大族群中最弱小的西波族。

一个月前，欧文买了一匹骏马。他们御马赶路，晓行夜宿，尽量走偏僻小路，而且每经过一座城市，就会换一匹马，即便如此，他们还是用了三十几天才抵达目的地。

索域联邦的六个族群分别是最强大的游牧民族亚琏族、天元族、亚金族、普岩族、红飓族和西波族。

亚琏族皮肤黝黑，在天元大陆上不太受其他族群的欢迎，但不可否认的是，他们拥有最强壮的身体和坚韧不拔的毅力。作为游牧民族，亚琏族拥有天元大陆上最强大的骑兵，而且在索域联邦中占据了接近三分之一的平原地区，在联邦中处于主导地位，疆域位于联邦西部，北接天金帝国，南接华盛帝国，西端和神圣廷接壤。

在亚琏族疆域的东南方，是和华盛帝国接壤的天元族，这里有着众多少数族群。正因如此，这里被比作整个天元大陆的微缩形态，族群也取了和天元大陆同样的名字——天元。

天元族所在的区域可以说是天元大陆上地形最复杂的地方，这里没有平原，只有丘陵和大片森林，矮人族、精灵族、翼人族和半兽人族向来与世无争，在这里过着平静的生活，但并不是说这些族群就只能任人宰割。擅长锻造的矮人族、号称"天生的弓箭手"精灵族、有高速飞行能力的翼人族和力大无比的半兽人族组成的联军，绝对是索域联邦中的精锐。天元族中的重大事务由四大族群共同协商解决。

在亚琏族的东北方，几乎都是亚金族。这里的人大部分都是从天金帝国迁徙过来的，又和索域联邦的其他族群繁衍后代，经过历代发展，终于形成了现在的规模。在亚金族的区域，几乎和天金帝国一样，城市林立。他们也是索域联邦最发达的族群。

亚琏族的正东方则是索域联邦的第二大族群普岩族。这是一个神秘的族群，很少和其他族群沟通，除非索域联邦发生大事，一般情况下，族人们都过着自给自足的生活。普岩族盛产兵器，这是它最大的经济收入来源。

普岩族的北边是红飓族，他们外形彪悍，红发是族人最大的特点。红飓族是佣兵公会的发源地，天元大陆上最大的佣兵团红飓佣兵团完全由红飓人组成。

联邦的东端，也是天元大陆的东端，就是欧文和阿呆来到的西波族。西波族是一个淳朴善良的小族，族人们一般靠打鱼为生，他们倚仗的就是可以与天元大陆上任何一个国家抗衡的船队。在索域联邦的六大族群之中，只有西波族是靠其他族群接济为生，因为以他们的族力，不足以维持庞大船队的花销，所以，西波族境内经常会出现索域联邦的其他族群。

看着一望无际的大海，欧文对阿呆道："以后咱们就要在这里生活了，你知道这里是什么地方吗？"

阿呆摇了摇头，道："我不知道。"

这段时间，阿呆一直很沉默，欧文骑马带着他的时候，他就坐在马背上发呆。一天下来，全身酸痛的他却从不叫苦，除非欧文问他，否则他很少说话。

欧文还发现阿呆比初见时要沉闷许多，他当然知道这是为什么，但他一直没有问过阿呆，他相信，过一段时间，阿呆会适应这里的生活。

石塘镇是西波族位于海滨的数十个小镇之一，这里的西波人有很多都是来自华盛帝国的移民，所以，像阿呆这样黑发黑眸的人比比皆是。来到这里，阿呆不再像在天金帝国中那么显眼，这也是唯一能让阿呆心里好受一些的地方。

一路上，欧文对阿呆可以说是呵护备至，为了让阿呆能在马上坚持更长时间，他特意买了一个厚实的软垫子。

虽然阿呆的回答总是摇头，但是几乎每天欧文都会关切地问他几句，问他是不是累了，饿不饿，等等。

阿呆虽然不再像刚离开迷幻之森时那样沉默，但是他和欧文之间仍然有着深深的隔阂。

欧文和阿呆进入石塘镇，由于是大白天，镇里的壮劳力不是出海打鱼了，就是去西波族的船厂打工了，只剩下一些老幼妇孺。

走在镇子里的小路上，偶尔可以看到几名妇女坐在一起洗衣服，衣着朴实的孩子们在嬉戏。

为了不吓到村民，引来敌意，欧文在进村之前，将自己的阔剑藏在了海边的礁石群里，然后换了一身普通服饰，把马卖了。即使这样，他们这两张生面孔还是遭到了本地人的质疑。

一个五十多岁，地保模样的男子走到他们面前，疑惑地问道：

“你们不是本地人吧？来这里干什么？”

索域联邦的语言和天金帝国的语言是不同的，即使在索域联邦内，六大族群的口音也各不相同，如果不是非常熟悉，是很难听懂的。一路上，欧文每天都会教阿呆一些发音怪异的语言，并不厌其烦地给他讲解，然而，由于脑子迟钝，阿呆只学会了一些简单的。到现在阿呆才明白，原来欧文教他的就是这里的土话。对方问的这句话，他算是勉强听懂了。

欧文脸上挂着微笑，用最纯正的西波族索域联邦语说道：“你好，我本来就是出生在这里的，只是离开家很长时间了，一直没有回来过。”

听到了纯正的西波族语，对方明显放松了警惕，道：“你是镇里人吗？我怎么对你没有印象？”

欧文上下打量了对方一番，突然惊叫道：“啊！你是不是席尔兄弟？”

席尔一愣，道：“你怎么知道我叫席尔？你……你到底是谁啊？我怎么没有印象了？”

欧文兴奋地说道：“席尔，真的是你，我是欧文啊！你不认识了也正常，我离开这里都快五十年了。你忘了，咱们小时候一起撒尿和泥的事了吗？那时候，咱们还被打了一顿呢。”

席尔目瞪口呆地看着欧文，良久才道：“你……你真的是欧文大哥？可……可是，你怎么会这么年轻啊？”

欧文撸起右袖，露出白皙的右臂，右臂上赫然有一道暗紫色的月牙形疤痕，道："你看，这是当初为了救你被船上的锚刮的，不记得了吗？"

阿呆在一旁愣愣地看着欧文和席尔，由于他们说话的速度很快，阿呆只能勉强听懂几个词语。

席尔抓住欧文的右臂，仔细地看了一眼，道："啊！你真的是欧文大哥，当初若不是你，我早就死在海里了。可是，欧文大哥，你怎么还是这么年轻啊？我记得，你比我还大两岁，我今年五十六岁，你是神圣历九百三十一年二月生人，也就是说，你应该五十八岁了吧。看不出来，真是一点都看不出来啊！"

欧文微微一笑，道："其实也没什么，可能是因为一直在山林中生活，吸收了大自然的灵气吧，所以会显得小一些。席尔，我们家的祖屋还在吗？"

席尔点点头，道："在呢！走，我带你去看看，我已经接替了我父亲的职位，当了十几年镇长了。以咱们当初的交情，谁也不敢动你家的祖屋。不过，现在有些破败，如果想住，需要翻修。大哥，这次你回来以后还走吗？"

欧文摇头，叹息道："不走了，在外面闯荡了大半辈子，也该落叶归根了。对了，这是我的一个远房堂侄，也是我唯一的亲人了，我们会在这里定居，也许，我会住到死为止吧。"

席尔朗声大笑，道："大哥，我正愁平常没人陪我呢，以后咱们老哥俩就可以做伴了。走，我带你去看看祖屋，等我的那几个小子回来，让他们帮你翻修翻修，咱们又可以做邻居了。"

在席尔的带领下，阿呆和欧文来到石塘镇东边靠海的一个小院子外。这个小院子离石塘镇其他居民的居住地都有一段距离。

一看到小院子，欧文的眼眶就红了，这里还是他童年生活时候的样子。

席尔拍拍欧文的肩膀，道："怎么，又想你伯父和伯母了？唉，当初那场大海啸真是吞噬了不少人啊！"

欧文看了席尔一眼，道："已经过去这么多年了，想有什么用。"说着，他从怀里掏出几个金币，塞到席尔的手里，"兄弟，我这么多年没回来，一切都很陌生，还要麻烦你帮我找人修理修理这破房子。"

席尔连忙推却，道："大哥，你这是干什么？这不是见外吗？你好不容易回来，我帮你是应该的。你放心，在镇里，我还算是一号人物，等我那几个出去打工的儿子回来了，我就让他们给你弄点油毡和木料修整一下祖屋，只需一天就够了。别给我钱，否则我可要生气了。"

欧文道："那怎么行？麻烦你帮忙，我已经过意不去了，怎么能让你垫钱呢？快拿着，否则我可就不回来住了。"

两人谦让了半天，最后席尔还是拗不过欧文，把钱收下了。

席尔道："大哥，你先回去看看吧，我去给你张罗。今天中午就到我家吃饭，咱们可要好好喝几杯，我那里还有些陈年的老酒呢，哈哈。"

说着，席尔扭头就朝镇子里走去。

看着席尔逐渐消失的背影，欧文对阿呆道："以后见到他，你要叫他席尔大叔，叫我叔叔，知道吗？这里就是咱们以后生活的地方了。"

阿呆点了点头，问道："叔叔，你什么时候教我功夫？"

欧文微微一笑，道："着急了吗？我知道你是想早点回去见你的老师，但是学功夫可不是一天两天的事情，我们必须把一切都铺垫好，才能开始学。走，我带你进去看看，我已经四十多年没回来过了。"

阿呆听懂了刚才席尔和欧文的那几句话，疑惑地问道："叔叔，你真的有五十八岁了吗？"

欧文看了他一眼，温和地说道："是啊！五十八岁了。我的外表之所以这么年轻，主要是因为修炼的功法有延缓衰老的功效，等咱们安定下来，叔叔就把这门功夫传授给你。"

推开没有上锁的大门，一股霉气扑面而来。

欧文皱了皱眉，拉着阿呆走了进去，一个三十几平方米的院子映入眼帘，周围什么都没有，两间瓦房关着门，墙角有不少蜘蛛网。由于这里临近海边，都是盐碱地，所以没有出现青苔，否则就更难清理了。

两天后，在席尔热情的帮助下，欧文的祖屋被翻修一新，还购买了一些新的家具。

因为席尔的关系，这里的人们渐渐地接受了欧文和阿呆。

阿呆的心情放松了很多，和迷幻之森的木屋相比，这里更像是一个家，每个人都对他很好。他认识了席尔的三个儿子，席尔的大儿子外表看上去有些老，感觉和欧文差不多大。

当席尔告诉家人欧文比自己还要大，家人们都是一副不敢相信的样子。席尔的三个儿子都已经结婚了，大孙女只比阿呆小两岁左右，席尔还有两个孙子，分别是七岁和三岁。

傍晚，欧文送走了席尔一家后，站在院子里，深深地吸了一口略带咸腥之气的海风，道："阿呆，你过来。"

阿呆刚收拾完碗筷，听到欧文叫他，当即擦干了手，走了过去，叫了一声"叔叔"。

欧文转过身，看着阿呆，正色道："我知道你很恨我，恨我逼迫你离开了自己的老师。但是，从今晚开始，我就要传授你我一生所学，我希望你能认真学习。如果你想和你的老师见面，只有将我全部的功夫学会，你明白吗？"

阿呆点了点头，低声道："我明白。"

嘴上答应着，他的心却早已飞回了迷幻之森，暗想不知道现在哥里斯老师回去了没有。

欧文道："从今天起，你就不要再练习哥里斯以前教你的魔法了，那样会让你分心。魔法对于这个小镇来说，是非常少见的，你的那几个火系魔法不许在人前使用，明白吗？"

阿呆抬起头，瞪着欧文，道："不，我一定还要修炼魔法，老师教我的魔法我不能忘了。"

欧文一愣，这还是阿呆第一次反驳他，不过他并没有生气，柔声道："孩子，你要明白，魔法和武技是不能同时学的。人的精力有限，这两种能够择一练到顶峰已经很不容易了，更何况是两者兼修，你的哥里斯老师是不会怪你的。"

阿呆倔强地摇了摇头，道："不，那也不行，我一定要修炼魔法。我可以不在人前用，但我一定要天天练习。"

欧文想了想，道："那好吧，既然你坚持，那每天晚上允许你练习一个小时，但是其他时候不许因为修炼魔法而影响了武技的修炼，你能做到吗？如果不能，你必须放弃魔法。"

阿呆点点头："我……我一定能做到。"

欧文正色道："那好，今天我就先把基础的行功之法教给你。我所修炼的斗气名叫生生决，取生生不息之意，主要是提升自身的生命力强度。这算是天元大陆上最正宗的上乘斗气修炼方法，也是最好的养生之法，所以我才会显得如此年轻。当生生决运行时，体内就会产生你的老师哥里斯所说的真气，而当能量外放，用来攻击时，就是所谓的斗气。你吃过往生果，修炼起来必能事半功倍。走，咱们回屋，我传授你口诀。"

回到房中，欧文又道："生生决的总纲只有四个字，那就是我和你说过的'生生不息'，只有生生不息的真气才能让你始终有能力发出斗气。"

当初，正是生生决那生生不息的真气才让欧文支撑到吓走灭一等人。

　　"第一重的口诀你要记住，那就是气随念动，气由心生，练精化气，生生不息。第一重的修炼是生生决的基础，是筑基阶段。好，咱们开始吧。"

　　欧文让阿呆盘膝坐于床上，自己则坐在阿呆的背后，右掌按在阿呆的背心上，道："闭上眼睛，默念口诀，口诀是要自己去理解的，用你的心神去感应那股温暖的气流流过的方位，并把这个方位记住。好，咱们开始。"

第 10 章
血日降临

　　暖融融的气流从欧文的掌心流入阿呆的体内，欧文知道阿呆的反应比较迟钝，所以让真气运转得很慢，以便阿呆能够记得住。

　　欧文一边运气，一边不断地重复修炼的口诀。按照完整的行功路线运行了一个周天，竟然用了一晚。

　　阿呆在欧文的帮助下进入了入定状态，欧文传入的气流和他体内的往生果散于百脉中的生机逐渐融合，在他体内缓慢地运转着。他感觉自己仿佛处于一个巨大的暖炉之中，说不出有多舒适。由于没有了欧文的控制，他行功的速度逐渐加快。

　　早上欧文帮阿呆行功完毕后，自己调息了一会儿，就将院门反锁，去席尔家待了一天。当席尔问起阿呆时，他找了个理由搪塞过去，他深知，第一次修炼生生决是非常重要的，阿呆不能受到任何打扰。

　　阿呆行功七周天之后，终于清醒过来。

他从床上下来，看了看屋外的天色，惊讶地发现天竟然已经完全黑了。

"怎么样？感觉如何？"

虽然入定了一天一夜，但是阿呆的血脉出奇地畅通，他笑着说道："叔叔，我的身体好像轻飘飘的，体内有什么东西在不断地流动着，很舒服。"

欧文满意地点点头，道："一天一夜的时间能做到这点已经很不错了，记得我第一次修炼生生决的时候，足足用了七天才达到你这样的程度，可见往生果确实是修炼生生决最大的补益。好了，你休息一会儿，吃点东西吧，吃的我都给你准备好了。吃完饭，给你两个小时活动，你可以修炼魔法，但是为了避免引人注意，你只能在房间里面练习，可千万别把房子给烧了。"

欧文之所以同意阿呆继续修炼魔法，最重要的原因是他明白自己的功夫虽然在天元大陆上算得上一流，但是在他当杀手的几十年中，结下的仇怨实在是太多了，如果阿呆能有另外一个身份，以后替自己报仇时就能减少许多不必要的麻烦。

修炼了一天，阿呆的心情好了很多，他脸一红，道："叔叔，您放心，我绝对不会把屋子烧了的，我先去吃饭了。"

说着，他快步跑了出去，此刻他发现，这个劫走自己的叔叔似乎不那么讨厌了。

饭后，阿呆为了争取时间，没有休息，立刻投入到魔法的修炼之中。由于修炼的时间短，而且又要在房间内修炼，他只能用冥思的方法提升自己的精神力。

修炼魔法的冥思和修炼真气的入定是完全不同的。冥思由于本身修炼的就是精神凝聚力，不怕被打扰，随时都可以清醒过来。而入定不同，修炼真气相当于修炼本体的潜在力量，必须完成整个周天才能散功，所以修炼真气最忌中途被打搅，一旦受到惊扰，容易走火入魔。

当阿呆冥思了两个小时之后，欧文将他叫了起来。

"阿呆，其实你如果只是修炼精神力，对修炼生生决不但没有影响，还有着一定的促进作用，因为精神力越强，你控制体内的真气也就越容易，这倒是个不错的办法。魔法基本的就是魔法力，也就是精神力。这样吧，以后每天我给你三个小时冥思。现阶段你打坐修炼真气，每天练习七个周天足矣，剩余的时间你要向我学习一些知识。"

阿呆有些疑惑，问道："如果我只是通过冥思增加魔法力而不修炼魔法，会不会影响我的火焰魔法的使用啊？"

欧文哈哈一笑，道："你这小子什么时候变得聪明了？单单冥思肯定会影响对魔法的控制，但我的生生决才是魔法最根本的东西。你的魔法力高，才能施展出威力强大的魔法，不是吗？其实，等你的生生决修炼到一定程度，魔法的用处就不大了。对我来说，除非是魔导士以上级别的魔法师，否则很难对我造成伤害。生生决最大的特点就是可以克制一切邪恶之气，是最正宗的神圣类斗气。

当斗气强度超过魔法力的攻击强度时，魔法力根本不可能对对方造成任何伤害。也许你现在还不明白，以后你会懂的。"

阿呆挠了挠头，道："那我就先打坐好了。叔叔，现在就开始打坐吗？"

欧文点点头，道："刚开始修炼时，基础非常重要。生生决一共分为九重，当你达到第三重之后，我才会教你别的，现在你就打坐吧。今天我不帮你，你还是按照昨天的运行路线修炼，直到那股微弱的气流在你的体内运转七圈，你才可以停下来。"

阿呆坐到床上，摆出一个五心朝天的姿势。

欧文刚准备也运功，却见阿呆突然睁开了眼睛。

"怎么了，阿呆？是不是有什么不舒服？"欧文关切地问道。

虽然生生决是正宗的修炼方法，但也是很容易出差错的。

阿呆低下头，道："叔叔，昨天您教我的口诀我忘记了。还有，那气流运行的路线我也找不到了。"

欧文差点昏倒在地，昨天他可是念了一晚上口诀啊，那么慢的行功速度，阿呆居然没记住。

阿呆垂着头，继续说道："叔叔，阿呆是不是很笨？"

欧文心道：何止是笨，简直是太笨了！

他走到阿呆身边，道："我再带着你修炼一遍，不过这回我会加快速度，你要记住啊。"

说完，他一边念口诀，一边帮阿呆催动体内的真气运行起来。由他带着修炼一个周天，阿呆很快就进入了状态，独自修炼起来。

到第二天黎明时分，阿呆成功地运行了七遍生生决。从此之后，阿呆开始了有规律的生活状态。

早上从修炼中清醒过来以后，欧文开始教他西波族的索域联邦语。虽然他学得很慢，但是很有韧性，一般情况下，他用正常人的三倍时间倒也能记住。

下午，欧文会给他几个小时时间自由活动。他一般会和席尔的几个孙子一起玩耍，正是由于和他们不断相处，他渐渐变得活泼开朗起来。

晚饭后，他开始冥思。当小镇所有的居民都熟睡后，欧文会叫醒他，让他修炼生生决。刚开始，他总是记不住口诀和复杂的行功路线，直到欧文带着他修炼了近一个月，才勉强记住。

欧文跟席尔说，自己是积攒了一定的积蓄回这里养老的，所以现在他根本不想工作。的确，他当杀手积攒的钱虽然并不全在他这里，但是现有的部分足够他和阿呆生活了。

自成年以来，他就没有过过如此清闲的生活。

一个月过去了，他似乎忘了自己原来的身份，完全融入了石塘镇的平淡生活之中。

这天，是神圣历九百八十九年四月十四日。

一大早，阿呆和欧文就感觉到天象有些异样。

欧文站在院子里仰望天空，往常这个时候太阳已经高高升起了，但是今天仍然是一片阴暗，大片乌云遮挡住了阳光，大地异常昏暗。

阵阵冷风吹过，站在欧文身旁的阿呆不由得打了个寒战，他的心中突然生出一种不祥的预感，但又说不清到底是怎么回事。

欧文皱眉，道："今天这是怎么了？为什么天这么暗？"

阿呆也道："是啊！好压抑的感觉，全身都感觉不舒服。叔叔，会不会出什么事了？啊！叔叔，你快看，天上的乌云怎么变成红色的了？"

欧文大吃一惊，当即仰头望去。果然，原本灰黑色的乌云逐渐转变成了红色的，这奇怪的天象让他想起了什么。

突然，红色的云淡化了，太阳出现在天空中，原本耀眼的金光变成了妖异的血光，大地被染成了一片血色。

欧文失声道："血日临天！"

阿呆愣愣地问道："叔叔，什么是血日临天？"

欧文摇了摇头，并没有回答，心中却充斥着难以言喻的怪异感。血日临天他也只是听说过，据说每千年才会出现一次，那一天将是邪恶之气最盛的一天。

他摸了摸胸口，邪恶的能量充斥全身，他勉强催动真气将邪恶能量压了下去。

"阿呆，叔叔要打坐一会儿，你最好别出去，就在家里修炼魔法。从今晚开始，你的运功周天数改为九个。"

说完，欧文走回了房间，他必须赶快修炼生生决，才能压制住那澎湃欲出的邪恶之气。

神圣廷，祈神殿。

四名身穿红色大斗篷的人站在大殿中央的高台四角，他们正是处理神圣廷事务的四大红衣廷司。

高台中央，一位须发皆白，身体瘦长的老人一手放在左胸上，另一只手按住额头。他身上金色的袍子和头上的金冠显示着其尊贵的身份。高台下方是十二名围绕着高台盘膝而坐的白衣廷司。

咒语声接连在大殿中响起，神圣气息从祈神殿中散发而出。祈神殿外，一千八百名中、高级廷司和女廷司在吟唱祈神咒，高昂的祈祷声响彻天际，围绕着祈神殿散发出神圣气息，澎湃的圣力不断地冲向高空。

天空中，血日散发的妖异之气和祈神殿散发出的神圣气息形成了鲜明的对比。

吟唱声不断，天空突然飘下了淡红色的雨滴，雨势不大，却将廷司们的袍子染成了红色。

祈神殿内，吟唱声停了下来。

高台中央的老人叹息一声："血日当空，必出妖孽，血雨洒世，劫难将成。看来，天意还是不可违啊！"

一名红衣廷司道："廷主大人，我们也算是尽力了，十几年后，劫难来临之时，只要能顺利渡过，这千年大劫就算过去了。"

金衣老者点了点头，道："从现在开始，命令所有廷职人员进入备战期，你们四个也要开始准备了，同时，展开光明主寻找计划。千年大劫关系到整个天元大陆的形势，按照神圣廷的廷经所载，千年大劫曾经造成生灵涂炭，希望这回能够顺利渡过吧。只要能成功找到光明主，我们应付起来就能轻松很多，所以你们必须尽快去寻找。"

千年之前，正是因为浩劫降临，才会有今天的神圣廷。当时的浩劫席卷了整个天元大陆，生灵死伤无数，在最后时刻，廷神现身，化为光明主，来到世间，终于驱除了邪恶。邪恶被完全驱除的那天，也就是神圣历元年，而那位光明主也成了第一任廷主。他临死之时，预言千年之后劫难必生，今天的血日之兆正好验证了他的预言。

十一年后，也就是神圣历千年之时，劫难将再次降临人间，不知道那时自己这个承接了神之力的廷主是否能够驱除劫难？看来，只有寄希望于能够找到新的光明主了。现任廷主在心中暗想。

四名红衣廷司同时躬身道："是，廷主大人。"

廷主环视一周，吟唱一声："愿廷神庇佑。"光芒一闪，他就消失在了高台中央。

四名红衣廷司催动法力，飘落台下。

突然，一名身穿白色衣裙，十岁左右，粉嫩的小女孩跑了过来，拉住一名身材高大的红衣廷司，娇嗔道："爸爸，爸爸，你们刚才在干什么啊？"

那名红衣廷司愣了一下，赶忙将小女孩抱了起来，低声道："月月，谁让你来这里的？不是说好让你在家里等着吗？"

月月噘着小嘴，道："可是你和妈妈都出去了，就剩月月一个人，好无聊啊！"

其他三名红衣廷司已经离开了。

十二名白衣廷司站了起来，一名身材高挑的白衣廷司上前几步，从红衣廷司的手中抱过月月，低声道："月月乖，妈妈现在就带你回家。"

红衣廷司摇了摇头，对这个女儿，他真是一点办法都没有。

血日和血雨持续了足足一天才逐渐消散，一切又回到了正常。

而阿呆这一天始终闷闷不乐，连修炼魔法的心情都没有。不知道为什么，他的心跳得特别快，感觉似乎有什么事要发生。

血日和血雨消失后，欧文才从入定中清醒过来。和邪恶之力对抗了一天，他显得异常疲惫。

"叔叔，你打坐完了？"阿呆看着脸色有些苍白的欧文从房间中走了出来。

欧文点了点头，心有余悸，道："好强的邪气啊！看来传说中的劫难确实真有其事啊！"

阿呆显然没有明白欧文的话，说道："今天席尔叔叔来过，我告诉他您病了，正在休息。席尔叔叔说今天所有的渔民都没有出海打鱼，想问问你知不知道是怎么回事。"

欧文道："好了，我知道了，咱们先吃点东西，吃完饭你自己在家里冥思，我去你席尔叔叔家一趟。"

阿呆乖巧地点了点头，道："好，吃饭吧。"

两人随便吃了一点东西，欧文就出门了，阿呆则留在家里，进入了冥思状态。

　　气象突然异变，闹得整个天元大陆人心惶惶，有人欢喜，有人愁，却没有谁能说出这突如其来的血日是怎么回事。

　　有关这场异变的议论足足持续了几个月，最后才被平息下来。

　　天元大陆四国不断实行一些安抚民心的政策，神圣廷却一直没有就此事做出任何解释。

　　一时之间，对神圣廷的不满之声悄悄地滋生了。直到经过了长达一年的人心动荡，血日和血雨造成的影响才完全消失，但天元大陆上出现了诡异的气氛。

　　神圣历九百八十九年五月，阿呆来到石塘镇已经一年零两个月了。

　　"阿呆哥哥，你比刚来时要高了好多呀。"

　　已经十三岁的阿呆看着眼前比自己小两岁的小姑娘席菲，笑道："是吗？我最近吃得又多，好像是长高了不少。"

　　他有一米六左右了，在同龄的孩子中，算得上比较高大。

　　一年以来，除了让他修炼生生决，欧文并没有教他其他功夫。如今，阿呆已经掌握了索域联邦语。由于联邦的六大族群只是口音不同，所以欧文只教了阿呆西波族的索域联邦语。

　　此外，阿呆修炼异常努力。经过不懈的努力，现在他一个晚上就可以运行二十七个周天了，生生决也已经修炼到了第二重境界。

　　他问过欧文自己要修炼到什么程度才能离开，欧文没有正面回答，只是告诉他，他需要学的东西还非常多。

现在欧文开始教阿呆神圣廷语，那毕竟是天元大陆通用的语言，是阿呆必须学习的课程。

今天，上完语言课后，阿呆和席尔的孙女以及两个孙子在海边玩耍。由于修炼了一年多的生生诀，阿呆的身体比离开尼诺城时要强壮得多，虽然说不上英俊，但是他那憨厚质朴之气深得这里的人民喜爱。

"阿呆哥哥，咱们去海里游泳好不好？"席尔的长孙，已经八岁的席风说道。

此时正值五月，对于这些常年生活在海边的孩子而言，可以开始游泳了。

按照辈分，本来他们应该叫阿呆叔叔的，但是由于年纪差不多，在没有大人的情况下，他们都叫阿呆哥哥。

阿呆的水性并不是很好，只在席菲父亲的带领下游过几回。他犹豫了一下，低下头，道："你们去吧，我游不好。"

席菲的弟弟，还只有四岁的席雷，大声嚷道："我要去，我也要去！"

席菲道："不行，你还太小，你快回家去，游泳是我们这些大孩子玩的，你不能去。"

席雷的眼眶顿时红了，伸出胖乎乎的小手，抓住姐姐的衣角，道："姐姐，姐姐，你带我去吧，席雷会很乖的。"

阿呆蹲在地上，将席雷搂入怀中，劝慰道："席雷乖，海里太危险了，你还小，不能去游泳，阿呆哥也不游，咱们在岸边玩沙子，好不好？"

席雷看了看阿呆，点点头，道："好吧！不过，阿呆哥哥，你要给我堆一个大城堡才行。"

阿呆点了点头，对席菲道："菲儿妹妹，你和小风去吧，我在这里陪雷雷。不过，你们可不要游到深处去，那里面很危险的。"

席菲和弟弟席风脱掉外衣，答应一声，嚷嚷着冲进了大海。

他们自小就在父亲的带领下学会了游泳，水性很好，去大海中游泳对他们来说根本不算什么。不一会儿，他们就已经游得不见了踪影。

阿呆和席雷则在沙滩上玩起了沙子，阿呆很有耐心，席雷非常高兴。

突然，原本晴朗的天空中飘来一片乌云，海风顿时大了起来，平静的海面掀起阵阵波澜，起浪了。

阿呆站起身来，凝望着远处的海面，但他并没有看到席菲姐弟的身影，喃喃地道："席菲他们怎么还不回来？浪这么大，会有危险的。"

席雷摇了摇阿呆的手，说道："阿呆哥哥，你放心，姐姐他们不会有事的。"

雨点倾泻而下，随着阵阵冷风敲打在沙滩上。

阿呆焦躁地走到海边，向远方看去，仍然没有看到席菲姐弟的身影，他扭头对席雷道："雷雷，下雨了，你先回家，告诉你爷爷，让他赶快过来，席菲和席风还没有回来，我在这里等着。"

席雷点点头，转身向镇里跑去。

风更大了，浪更高了，依然不见席菲和席风的踪影。他们都是阿呆的好朋友，阿呆早就把他们当成了自己的家人，他焦急地在海边踱步，任由海水冲湿了自己的裤管。

不行，不能再这么等下去了，如果席菲和席风出了事，自己怎么向席尔叔叔交代啊？

想到这里，阿呆脱掉外衣，扔到一旁，慌忙扑入大海之中。虽然他游泳的技术并不是很好，但是生生诀的修炼使他的体魄非常强健。调整着呼吸，他在海浪中不停地扑打，但没多大一会儿就被海浪卷进了大海深处。

海岸宛若一道直线，让人什么也看不清。

他一边游着，一边不断地呼喊着席菲和席风的名字，但是他的声音被海浪声完全盖住了。在这一望无际的大海中，他又怎么能叫得到人呢？直到现在，他还没有意识到自己也陷入了危险之中。

由于海面起浪了，席尔的三个儿子今天都提早收了船，回到了家中。他们刚一进家门，正好遇到赶回来报信的席雷，于是又飞速赶到海边。

席雷叫道："爸爸，你看，那不是哥哥和姐姐吗？"

果然，席菲和席风两人正从大海边往沙滩上走。

席菲也看到了他们，兴奋地跑了过来，道："爸爸、二叔、三叔，你们怎么来了？"

席菲的父亲席中沉声道："你们胆子未免太大了，这么大的浪，居然敢到海里游泳，若是被海水卷走怎么办？小孩子不能擅自下海游泳，知道吗？"

席菲吐了吐舌头，拉着父亲的手娇声道："爸爸，不会的，我和风弟的水性那么好，怎么会有事呢？我们在浪里玩得好过瘾啊，就是往回游的时候有些费劲。我们以后不会擅自下海游泳了。"

她转身看向自己的小弟，问道："雷雷，阿呆哥哥呢？你没和他在一起吗？"

席雷一愣，看了看自己的父亲席白，道："阿呆哥哥不是在岸边等你们吗？怎么没见到他？"

席中看了看自己的两个兄弟，道："大家快找找，阿呆一定不会丢下菲儿和风儿先回去的，他应该就在附近。"

席中虽然嘴上这么说，但是心里有种不祥之感。沙滩如此平坦，没有任何遮挡物，如果阿呆在附近的话，他们应该一眼就可以看到才对。

席风突然道："爸爸、大伯、三叔，你们看，这不是阿呆哥哥的外衣吗？"

席中、席发、席白跑到近前一看，果然阿呆的外衣就在沙滩上，但已经被雨水打湿了。

三人面面相觑，席中脸色大变，道："不好，阿呆一定是去海里找你们了。这下坏了，他的水性并不好，恐怕很难游回来。老三，你快去通知欧文叔叔，老二，咱们到海里去找找。"

此时的阿呆已经看不到岸边了，海浪不断地拍打着他的身体，他抹了抹脸上的海水，焦急地看着四周："席菲、席风，你们在哪里啊？"

他现在想的依然是席菲和席风的安全，忽然一个大浪打过来，顿时让他喝了口咸咸的海水，那咸涩的滋味使他异常难受。

体力在一点点消失，危险逐渐降临到阿呆身上。

浮在海面上的阿呆突然觉得腿上传来剧痛，似乎有什么东西扎到了大腿。

他痛呼一声，弯腰摸去，摸到了一个滑溜的躯体，那滑溜的躯体上有一个尖刺，深深地扎入了他大腿的肌肉之中，鲜红的血液顿时从海水中泛起。

阿呆双手抓住那滑溜的躯体，用力往外拔了出来，整条右腿顿时完全麻痹了，血不断地渗出。

他倒吸一口凉气，体内的生生真气自动运行到伤口部位，封住了那里的血脉，没有让它继续流血。海水不断地刺激着伤口，他疼得险些昏了过去。

那滑溜的躯体突然剧烈地扭动起来，似乎想挣脱阿呆的双手。

阿呆将那滑溜的躯体举到眼前，发现竟然是一条身长两尺的金色怪鱼。它通体闪烁着金光，和他以前见过的鱼很不一样，不光颜色不同，还多了金光闪闪的尖嘴，刚才正是这和身体一样长的尖嘴刺中了他的大腿。

阿呆一只手攥住怪鱼的嘴，另一只手攥住它的尾巴，完全凭借海水的浮力漂浮在海面上，由于失血过多，阵阵眩晕感不断传来，一个又一个海浪仍然无休止地拍打着他的身体。

那怪鱼挣扎数次，却始终无法挣脱阿呆有力的双手。

阿呆冲怪鱼道："你……你为什么扎我，很疼的啊！"

怪鱼扭动了两下，似乎流泪了，两只闪烁着金光的怪眼哀怨地看着阿呆，好像在求他将自己放了。

阿呆心一软，道："我放了你，不过，你可不要再扎我了，以后也不可以再扎别人。"

说完，他向外一抛，将怪鱼扔进了海中。

金芒在海里闪了几下，怪鱼消失不见了。

阿呆小心地摸了摸腿上已经停止流血的伤口，继续大喊："席菲、席风，你们在哪里？我是阿呆啊！"

只喊了几声，他的嗓子就沙哑了。在海浪的不断冲击下，他的意识越来越模糊。

就在阿呆快要晕倒的时候，金光一闪，怪鱼又回来了，它的尖嘴蹭了蹭阿呆的身体，嘴上叼着一个东西。

阿呆抹了一把脸上的海水，喘息着问道："给我的吗？"

怪鱼竟然听懂了一般，点了点头。

阿呆将怪鱼嘴上的东西取了下来，原来是一枚白色的玉石戒指，表面上看，并没有什么出奇的地方。

他眨了眨双眼，勉强将戒指套在左手食指上，忽然一个巨浪打来，顿时将他击昏了过去。

这边，在席白的带领下，欧文焦急地赶到了阿呆下水的海滩处。巨浪不断地冲击着岸上的沙滩，席菲、席风和席雷站在岸边，席菲和席风显然知道闯祸了，低着头，不敢吭声。

　　欧文急切地问道："席菲，你爸爸和你二叔找到阿呆了吗？"

第 11 章
金色怪鱼

席菲摇了摇头，道："爸爸他们还没有回来呢，欧文爷爷，都是我们不好，如果我和风弟没有去海里游泳，阿呆哥哥也不会去找我们了。"

欧文现在满心焦急，他虽然不会埋怨什么，但他的心早已飞到了大海之中。

这段时间，他越和阿呆相处，就越喜欢这个秉性善良的孩子。阿呆虽然离开哥里斯老师已经一年多时间，但仍然每天都想着哥里斯。阿呆将那个银色的馒头摆在床头，每天早上起来，都会对着它发一会儿愣，并念叨几句。阿呆的种种行为都是那么纯真。

孩子，你可千万不要有事啊！

到这时，阿呆已经进入大海一个多小时了。

突然，海中爬出了两条身影，正是席中和席发。欧文赶忙迎了上去，急问道："找到阿呆没有？"

席中和席发对视一眼，脸上都露出惭愧的神色。席中道："欧文叔叔，海浪实在太大了，我们也不敢过于深入，阿呆恐怕被海浪卷到深处去了，我们没有找到他。"

寒光从欧文眼中一闪而过，如果换成以前的他，早把面前这几个人全都杀了以泄私愤，可是，他现在不能那么做。

他淡然道："你们已经尽力了，先回去吧，这件事先别告诉席尔，我再去找找阿呆。"

席发道："欧文叔叔，想要找到阿呆恐怕很难，浪太大，如今风雨交加，实在是不好找啊！"

欧文暴躁地说道："不好找也要找，我就阿呆这么一个亲人，难道就眼睁睁地看着他死吗？你们先回去吧。"

席中三兄弟同时一愣，一向温文尔雅的欧文叔叔怎么突然变得如此暴躁呢？

三人分别拉着自己的孩子，向镇里走去。

这种天气，除非是西波舰队的大船，否则普通的渔船根本经不起风浪。

欧文深吸了一口气，调息了一下体内的生生真气，稳定住吸附着无二圣水剧毒的银球，长啸一声，冲天而起后，向海浪中落去。他这一跃，足足有十数丈之远。

他毫不停留，脚尖在浪尖上一点，辨别好方向，就那么踩着巨浪钻入了大海之中。

欧文体内的生生真气不断地循环着，不一会儿，他就已经看不见岸边了。

　　他这样毫不停留地在海面上不断跳跃是非常损耗真气的，如果不是生生真气有生生不息的特性，他根本坚持不了太长时间。

　　在茫茫大海中找一个人实在是太难了。欧文的真气在不断减弱，但他仍然没有发现阿呆的身影。

　　突然，海水中闪过一道金光，金光贴着海面快速地蹿了出去。欧文心中一动，跟着金光快速前进。足足过了五分钟，他终于看到了漂浮在海面上的阿呆，强烈的喜悦激发了欧文体内的潜力，他大喝一声，猛然挥出右掌，白光闪过，竟然将迎面扑来的巨浪顶了回去，接着伸手一抄，将阿呆抱入怀中。手刚接触到阿呆，他就发现阿呆生机未绝，只是喝了不少海水而已。

　　欧文将阿呆夹在腋下，凝神聚气，飞速向海岸方向跃去。海岸已经在望，虽然欧文体内的生生真气在不断循环着，但已经不足以弥补他消耗的能量，他的生生真气也只剩五成了。

　　现在，他不能再继续使用真气，否则，体内的无二圣水剧毒必将发作。

　　无奈之下，他只得又落入海中，泅水前进，还好他小时候也是在海边长大的，虽然多年不曾游泳，但依然有些基础。在费尽千辛万苦之后，他终于成功拖着阿呆游回了岸边。

　　"欧文大哥。"席尔的声音传来，他和自己的三个儿子正在岸边焦急地等待着。

一看到欧文带了阿呆回来，四人赶忙迎了过去。席中接过阿呆，席发和席白则搀扶着欧文。

原来，席中三兄弟回家以后，因为怕父亲席尔责怪，所以他们没有听欧文的话，将事情的经过告诉了席尔。席尔顿时大怒，来不及教训自己的孙女、孙子，就匆忙带着三个儿子跑到了海边。

"欧文大哥，你怎么样？"席尔急切地问道。

欧文不断地喘息着，体内的生生真气也在不断地运转。终于将阿呆救回来了，他也安心了。

"席尔，我没事，只是阿呆喝了不少海水，还没醒。席中，你赶快帮他排排水。席尔，你别怪孩子们，这事是阿呆自己太不自量力了。"欧文道。

席尔瞪了三个儿子一眼，怒道："都是你们生的好女儿，好儿子。大哥，我先扶你回去吧。阿呆这孩子，真是太善良了。"

房间里，阿呆睁开蒙眬的双眼，嘴里又苦又涩，全身虚弱无力，肚子里空荡荡的。

"我……我死了吗？"

欧文的声音传来："如果我晚去一会儿，你恐怕就已经葬身大海了。明明自己水性不行，还偏要去救人，你呀！快，喝口姜汤驱驱体内的寒气。"

欧文扶着阿呆坐了起来，将准备好的姜汤送到他嘴边。阿呆看到欧文，眼圈顿时红了起来，顾不上喝姜汤，猛地一下抱住欧文的脖子，哭道："叔叔，叔叔，阿呆死了，阿呆死了！"

欧文的眼圈也红了，将姜汤放在一旁，拍着阿呆的后背，劝慰道："阿呆没有死，叔叔已经把你从海里救回来了。乖，先喝点姜汤吧。"

阿呆哽咽着松开双手，看着欧文充满关切的目光，说道："叔叔，我真的没有死吗？"

欧文微微一笑，在他的胳膊上掐了一下，道："疼不疼？"

阿呆咧了咧嘴，点头道："疼。"

欧文笑道："疼就对了，疼就表示你是有感觉的，有感觉自然没有死，你这次真的把叔叔吓坏了。乖，先喝点姜汤，然后好好休息一下，明天就没事了。"

说完，他端起姜汤，吹了吹热气，送到阿呆嘴边，一点一点地喂着阿呆喝了下去。

一碗姜汤下肚，阿呆的身体顿时暖和起来。看着欧文关切的目光，他的心也暖了，直到这一刻，他才真正喜欢上面前这个英俊的叔叔。

欧文将碗放到一旁，扶着阿呆重新躺下，给他盖好被子，道："阿呆，这次实在是太危险了，如果不是你体内生机不灭，恐怕早就死了。以后做什么事都不要那么冲动，救人虽然是好事，但也要量力而为。"

突然，阿呆想起来什么似的，又挣扎着坐了起来，急道："叔叔，叔叔，你快去救席菲和席风吧，我在海里没找到他们，他们很危险啊！"

欧文没好气地说道："你这傻小子，怎么把别人的命看得比自己还重？人家水性好，早就回来了。你快躺下吧。"

一听席菲和席风没有危险，阿呆这才松了一口气，躺回床上，喃喃地念叨着："没事就好，没事就好。"

欧文道："对了，阿呆，你腿上的伤是怎么回事？似乎是被什么利器扎的，大腿的肌肉都已经洞穿了。"

阿呆答道："这是被一条怪鱼扎的……"当下，他将如何遇到怪鱼，又如何将怪鱼放了的经过说了一遍。

欧文恍然道："怪不得我找你的时候，在海上看到了一点金光，是它带着我找到你的。这么说，还是那怪鱼救了你的命，真是人善人欺天不欺啊！是你自己的善良品质把你救了回来。"

阿呆突然想起了什么，抬起左手，道："叔叔你看，这就是怪鱼送给我的东西。"

欧文定睛看去，只见那是一枚通体雪白的玉石戒指，从戒指的表面看不出什么，但欧文隐隐觉得戒指中似乎蕴含着一股不一般的能量。

他小心地将这枚戒指从阿呆手指上摘下，玉石入手，顿生温热，他催动生生真气探入其中，戒指中似乎有一股不断运转的能量，排斥着他的真气。

欧文看了半天，他又将戒指重新戴到阿呆手上，道："这枚戒指你要好好留着，说不定以后会有什么作用呢。"

阿呆点了点头，对这枚白玉戒指，他也非常喜欢。

欧文道："快睡吧，现在你还不能吃东西，明天一早，叔叔给你熬粥喝。"

阿呆道："可是叔叔，我今天还没有打坐呢。"

自从来到这里，阿呆没有一天晚上不是打坐度过的。练功突然中断，他反而有些不适应了。

欧文笑道："今天就算了，练功也不能急于一时，明天再说吧。叔叔也要去休息了，为了救你这小子，我可真是累坏了。"

说完，他吹灭油灯走了出去。外面的风雨已经停了，阿呆没事，欧文心里有种说不出的高兴。

欧文离开后，阿呆挣扎着坐了起来，他这一坐，牵动了腿上的伤，疼得他全身一阵痉挛。他虽然笨，但也明白欧文对自己的期望很高，叔叔对自己这么好，他怎么能让叔叔失望呢？

一年多的相处，善良的阿呆早已忘记了当初的不满。他深吸一口气，开始催动体内残留不多的生生真气，使其运行起来。

足足休息了十天，阿呆才恢复过来。除了席雷以外，席菲和席风都不再跟他玩了，他们的理由是，因为阿呆，他们遭到了爷爷狠狠的责打。阿呆虽然心里难过，但也无可奈何，只得将所有时间都用来练功。

春去秋来，又是两年过去了，阿呆已经将生生决修炼到了第四重境界。生生决每提升一重都异常困难，如果不是阿呆吃过往生果，恐怕他就算修炼十年，也无法达到现在的境界。

虽然他将生生决修炼到了第四重，但生生真气的威力仍然没有显现出来。欧文告诉阿呆，生生决必须练到第五重才会有明显的不同，而欧文是在二十八岁才达到那个境界的。

尽管如此，阿呆的生生真气已经可以化为斗气冲出体外了，现在他每天修炼之时，都会有淡淡的白光围绕着他，已经十五岁的阿呆，身高一米八左右，虽然平常不干什么重活，但身体异常结实。

三年来，虽然他每天只有几个小时的冥思时间，但他的火焰术已经可以释放出蓝色的火焰了。他曾经偷偷尝试过施放火流星，放出的火球直径已经有三厘米左右，而且完全是蓝色的。

每天除了打坐和冥思以外，欧文还会给他讲天元大陆上的局势，告诉他关于各个国家之间的故事和各个国家的风俗。如今，他已经可以流利地用神圣廷语和欧文对话了。

三年来，阿呆还学会了一些华盛语，笨笨的他现在已经掌握了神圣廷语、天金帝国语、华盛帝国语和索域联邦语四种语言。由于长期修炼生生决，阿呆的记忆力明显有所提升。

阿呆现在仍然会常常想起哥里斯，惦记着远方的老师，但欧文对他的关怀备至也让他非常感动，他早已把欧文当作亲叔叔了。

神圣历九百九十一年春。

"走，阿呆，叔叔带你去个地方，从今天开始，你要学一些新的东西了。"欧文冲刚吃完早点的阿呆严肃地说道。

阿呆一愣，道："叔叔，您要教我飞的功夫吗？"

欧文微微一笑，道："叔叔并不会飞，只是跳得高一点而已，你以后也可以做到。你来这里三年了，进步比我预想中快了不少。本来我以为你怎么也需要五年的时间才能达到现在的境界，既然你已经将生生决修炼到了第四重，基础也已经打得很牢固，那么可以进行下一步修炼了。现在，你必须加强体质训练，叔叔想了个好主意，前几天就已经准备好了，现在就带你去。"

"好啊！"阿呆爽快地答应了。

三年来，每天就是进行无聊的冥思和打坐，虽然阿呆的意志很坚定，打坐和冥思又能给他带来全身舒畅的感觉，但这毕竟还是太单调了。阿呆仍然是小孩子心性，现在能尝试一些新的东西，他当然愿意。

离开海边的家，欧文带着阿呆顺着海岸线一直向南走，足足走了半个小时后，他们来到一大片礁石旁。

"阿呆，这个地方是我不久前发现的，真是天助我也，这里太适合你练习了。走，咱们上去。"

说着，他搂着阿呆的腰，轻飘飘地落在一块最大的礁石上。石底不断传来海水冲击礁石的声音。今天的天气虽然晴朗，但这里的海浪异常大。

"阿呆，这片礁石中有一块特殊的地方，是天然形成的。海浪在经过其他礁石之后，不知道为什么会形成一股巨大的冲击力。我在那里立了一根大木桩，待会儿，我会把你绑在木桩上，但手臂不绑，你要按着我教你的运气之法，将体内的真气化为斗气，不断和海水形成的冲击力对抗，尽量不让海浪撞到你身上，明白吗？这样既可以锻炼你的身体，又可以修炼生生决。你看，就是那里。"说着，欧文向下方指去。

阿呆顺着欧文手指的方向看去，果然，在大片的礁石之中，有一块空地，海水在经过其他礁石后，在那里形成了巨大的海浪，海浪不断冲击着前面的礁石，长年的冲击使最靠近海面的礁石出现了一大块凹陷。

那片空地中央，一根直径一米左右的木桩立在那里，不论海水怎么冲击，木桩都纹丝不动。阿呆有些迟疑地问道："叔叔，您是怎么把木桩立在那儿的啊？"

欧文神秘地一笑，道："海水下面也有一块大礁石，叔叔是用生生决的真气把那根木桩打入礁石之中的，木桩自然就立得住了。今天是第一次，你就尽力而为吧。如果你无法对抗海浪，就只有让海浪冲刷你的身体了。两个小时后，我会放你下来。"

说完，欧文带着阿呆跳了下去。木桩上有一块突起的地方，正好用来让阿呆落脚。欧文取下事先准备好的绳子，一边将阿呆的身体固定在木桩上，一边频频向后挥掌，海浪的冲击力虽然很强大，却无法冲到他们身前三米之内。

"阿呆，看清楚叔叔是怎么出手的，然后你自己慢慢试吧。两个小时后，我来接你。"说完，欧文单脚在木桩上一点，身体冲天而起，落向一旁的礁石，几个起落，他消失在阿呆的视线内。

"轰——"

巨大的海浪猛然撞击在阿呆身上，阿呆感到自己好像被什么重物撞了一下，顿时被迫喝了一大口海水。

他顾不得调整，赶忙运气出掌。平常，阿呆很少有运用生生斗气的机会，他一点经验也没有，发出的斗气散而不聚，只能减缓海水的冲击，却无法将其阻挡。还好海浪并不是连续不断的，几个大浪之后，需要积蓄一会儿才会再次冲击过来，这也给了阿呆喘息的机会。

阿呆不断挥出双掌，海浪像一个绝世高手一样，不断帮阿呆修炼着生生斗气的使用方法。

两个小时的时间对于现在的阿呆来说是那么漫长，虽然他并不能阻挡海水冲击自己，但他依然拼命地努力着，一次又一次，他被海水冲击得险些晕倒，但他依然坚持下来了。

在一声轰然巨响中，阿呆终于用尽了最后一分真气。他只能将手挡在面前，任由海浪不断地冲刷着他的身体。

欧文并没有走远，他躲在一块礁石后看着阿呆不断地和海浪对抗。阿呆的表现显然无法令他满意，以阿呆现在的生生斗气境界，完全可以做得更好，但阿呆运用得不合理，这孩子的悟性实在是差了一些。

欧文叹了口气，长身而起，几个起落扑到木桩上，将精神状态已经不太好的阿呆解了下来，往肩膀上一扛，飘落到礁石上。

太阳高高地挂在空中，欧文把阿呆放在一块平地上，双手一吸，将阿呆的上半身摄起，手掌按在阿呆的肩膀上，催动自己体内的生生真气输入到阿呆的体内。

有了外力的灌注，阿呆顿时精神一振，清醒了许多，欧文沉声道："凝神运气，气沉丹田，功行百脉。"

阿呆感觉自己的身体仿佛散架了一般，软绵绵的，有种说不出的难受，根本使不出力来。

欧文的双掌不断传来温暖的热流，他这才舒服了一点，勉强借着欧文的生生真气吸取着体内残余的能量，渐渐入定了。

直到下午，阿呆才清醒过来，欧文一直在他身旁守护着，震耳欲聋的海浪声不断响起。

"你醒了，先吃点东西吧。"说着，欧文递给阿呆一篮馒头和咸鱼。经过几个小时的调息，阿呆的生生真气已经基本恢复了，只是身体依然酸痛，全身软绵绵的，还是使不出力来。

接过篮子，阿呆狼吞虎咽地吃了起来。吃是阿呆的最爱，也是最好的补充能量的方法。

欧文等到阿呆吃完后，才说道："你今天的表现让叔叔很失望，你知道吗？以你的功力，你完全可以坚持两个小时，根本不应该这么狼狈。你忘了我教过你什么了吗？高山崩于前而不色变的心理状态哪儿去了？被海浪一冲，你就什么都忘了吗？一开始就浪费了太多的功力。而且，你以为凭你现在的水平，就可以和海浪对抗，将它们压下去吗？你发出的斗气那么分散，怎么能抵挡得住海浪的冲击？你有没有想过透点一击呢？用这种方法最起码可以将冲向你自身的海浪挡住，还能节省功力，你自己好好想想吧。今天就到这里。"

说完，欧文拿起篮子，头也不回地走了。

阿呆一个人坐在礁石上，嘴里的馒头和咸鱼味道仍然没有散去。自从来到这里，欧文很少对他发火，即使是他做得不对，欧文也会耐心指导，欧文突如其来的严厉批评，让阿呆有些难以接受。

阿呆捶了捶自己的脑袋，自言自语道："看来我真的是太笨了。透点一击是什么意思？难道是把全身的功力都凝聚在一起发出来吗？"

阿呆不断琢磨着，直到天黑才回家。

欧文早已把晚饭准备好了，见阿呆回来，撂下一句"我去看看你席尔叔叔"就出去了。

阿呆知道欧文不会真生自己的气，他只是因为自己的不争气而难受。

阿呆不禁暗暗发誓，一定要努力达到欧文要求的标准。

吃完饭，他一刻也没有耽误，也不冥思了，直接进入打坐状态。他一边修炼生生斗气，一边继续琢磨着透点一击的含义。

第二天黎明时分，天还没亮，阿呆就起来了，他快速做好早饭，然后敲响了欧文的房门。

"叔叔，该起床了，早饭我已经做好了。"

门开，欧文披着一件外衣走了出来。

"怎么这么早啊，阿呆？"

阿呆道："叔叔，昨天晚上我没有冥思就直接打坐了，二十七个周天完成得很快，咱们吃饭吧，然后您带我去礁石那边，我想试试您说的透点一击。"

欧文微微一笑，道："好，先吃饭吧。练功并不是苦练就能有长足进步的，悟性也是很重要的，勤能补拙，却并不能让你成为一流的高手。平常没事的时候，你多琢磨琢磨斗气的应用，这对你很有益处。"

阿呆低下头，道："叔叔，阿呆知道自己笨，不过，我一定会努力的，尽量不让您失望。"

欧文拍了拍阿呆的肩膀："好了，叔叔昨天并没有生你的气，其实也不能怪你，昨天毕竟是你第一次面对这种练习嘛。身上还疼不疼？"

阿呆回答道："肩膀还有点酸疼，其他地方好多了。"

欧文微笑着道："如果不是生生真气有快速恢复的能力，恐怕你今天还起不了床呢。天快亮了，咱们先吃饭，然后出发。"

虽然现在已经是五月天，但清晨的海边还是有些寒意，带着咸腥味的海风不断吹拂着阿呆和欧文。

欧文扭头冲阿呆道："天气有点凉，你受得了吗？记住，力要三分收七分发，这样才能在第一击结束之前，第二击的力量就已经蓄满，从而做到生生不息，循环往复。"

阿呆一愣，三分收七分发？可自己昨天不是这么想的啊！"叔叔，透点一击的意思不是要把全身的力量凝聚在一起，压缩了以后骤然发出吗？怎么又变成三分收七分发了？"

欧文也愣住了，他没想到阿呆是这么理解的，但阿呆的解释也有道理，他微笑着道："你说的是倾世一击，不是透点一击。阿呆，有进步，现在会思考了。叔叔告诉你，透点一击和你说的倾世一击其实差不多，不同的地方就在透点一击并不一定要尽全力，只要发出的力量能够解决问题就可以了。他们的相同点在于，都是将体内的生生真气凝聚成一股，尽量压缩，然后发出体外，形成无坚不摧的生生斗气柱。"

阿呆似懂非懂地看着欧文，挠了挠头。

欧文继续道："阿呆，你要记住，倾世一击是不能轻易发出的，因为，你一旦将全部功力和力量以一击发出，如果不能重创所有敌人，自己必然会有一段时间无法和对方对抗，只能任人宰割。所以，不到万不得已，一定不要那么做，明白吗？"

这时，他们已经来到了礁石群，海风明显变大了，阿呆道："叔叔，咱们现在下去，您把我绑在那里，我再试试。"

欧文摇头道："风太大了，早上水凉。这样吧，你先把你昨天想的倾世一击用给叔叔看看。"

昨天欧文就看出阿呆一直在想什么，他之所以不理阿呆，就是想给阿呆一个冥思的空间，今天是该检验成果了。

阿呆问道："叔叔，您不是说倾世一击没有用吗？那我还练它干什么？"

欧文微笑着道："不是没用，透点一击就是以你说的倾世一击为基础，只是斗气应用的大小不同而已，你先使一次倾世一击让叔叔看看，然后我再帮你纠正一下。记得发挥出你的全力，你的生生决已经修炼到第四重，应该有一定威力了，你现在的目标就是前面这块礁石。"说着，欧文指了指面前一块不大的礁石，距离他们有三米左右，礁石后面便是茫茫大海。

阿呆点点头，上前几步，走到自己所在礁石的边缘。他又回想了一遍昨天的想法，深吸一口气，闭上双眼，催动体内的生生真气运行起来。淡淡的白光出现在阿呆周围，阿呆扎稳马步，双手握拳，收在腰间，用精神力控制着丹田的斗气缓缓上行，然后向右拳凝聚而去，体内的生生真气在他不计后果的拼命催动下不断凝结着，身体周围的白光骤然收敛。

一旁的欧文可以清楚地看到，阿呆的真气已经运行到胸口部位，正在向右拳的方向移动。突然，阿呆的右拳亮了起来，全身的生生真气完全凝结于此，他深吸一口气，用精神力量对右拳聚集的生生真气进行强力压缩。白光虽然暗淡了，但欧文吃惊地发现阿呆的右拳上凝聚出了具有爆炸性的力量。

第12章
死亡危机

"阿呆，快停下！"欧文失声大喊。

再这样下去，也许压缩过于密集的真气，阿呆的手会被炸碎，但是，他已经无法停下了，他的真气经过压缩，再不是运行于体内的那柔和的能量。他双目大睁，大喊道："啊——"

他的右拳猛然向对面的礁石挥去，一道直径仅五厘米左右的白色光柱透拳而出。光柱击出之后，他全身一软，顿时瘫倒在地。

"轰轰！"接连两声巨响让欧文张大了嘴。就算阿呆一拳将面前的礁石炸得粉碎，他也不会太吃惊，但面前的异象让他实在无法相信，那不大的礁石中央竟然被阿呆发出的生生斗气击穿了！

斗气穿过礁石，重重地轰击在海面上，溅起高达十米的水柱。礁石被生生斗气击穿的地方的周围并没有一丝裂纹，可见这股力量是何等强大。

欧文呆呆地站在那里，良久才反应过来。阿呆刚才的一击竟然已经达到了他五成功力的水平，也就是说，阿呆刚才发出的生生斗气，达到了他自己百分之二百的水平。

啊，阿呆！欧文上前一步，将阿呆搂在怀里，伸出右手，按在阿呆的丹田上，探查他体内的状况。阿呆的丹田空空如也，竟然连一丝斗气都没有了。阿呆全身软绵绵的，这明显是脱力的迹象。欧文苦笑道："还真是一点不留余地的倾世一击啊！这小子，唉！"

欧文抱起阿呆，将生生真气输入他体内，一会儿的工夫，阿呆渐渐醒了过来。刚才他在发出倾世一击的时候，感觉身体仿佛被抽空了，那压缩后充满爆炸性能量的生生斗气带走了他全部的力量。

"叔叔，我的倾世一击成功了吗？"

欧文苦笑着点了点头，道："你呀，真是太莽撞了！如果在对敌的时候使出这一招，恐怕一个星期都无法恢复过来。百分之二百，真是一股恐怖的力量啊！阿呆，你是怎么做到压缩生生斗气，却使它不爆炸的呢？"

阿呆道："我也不知道，昨天我想，您说的透点一击自然是把力量凝聚得越小越好，所以我就尽量把生生真气压缩到最小状态，以斗气的形式发出去，然后我就什么都不知道了。真气也是会爆炸的吗？"

欧文道："当然了，真气在过于密集的情况下，会爆发出强烈的能量，以前就曾有高手因为过度压缩体内真气，爆体而亡。也许是往生果和你这几年冥思的精神力量救了你吧。以后不到万不得已，千万别再这么做了，太危险了。"

阿呆点头道："叔叔，我现在体内空荡荡的，好难受啊！您不是说生生真气是源源不绝的吗？怎么我用完了，就没有了？"

欧文没好气地道："生生不息也需要有一个源头，你连源头的力量都用尽了，还怎么恢复？咱们先回去吧，等我帮你恢复了功力再说。"

即使是欧文用同源的生生真气帮助阿呆修炼，也足足用了两天的工夫才让阿呆完全恢复到以前的状态。两天来，欧文又指点了阿呆许多运气行功的方法，以及如何才能在最节省体力的情况下，发挥出生生斗气最大的威力。

"你的功力已经恢复了，今天再上木桩那儿去，记住我教你的，七分发三分留，可千万别再用倾世一击了。太大的消耗对你今后的修炼是不利的。"

阿呆也是心有余悸，足足两天的工夫啊，他体内的真气才恢复原状。

就这样，阿呆开始了劈波斩浪的修炼。由于找对了方法，现在海浪的冲击力已经无法对他构成太大的威胁，每天经过不断的训练，阿呆进步神速。三个月以后，他已经可以支撑一白天不被海浪冲击到身体了。每天和海浪搏斗，阿呆的身体变得更加强健了，原本白皙的肌肤在海水的冲击和太阳的暴晒下，变成了健康的古铜色，眼中偶尔会闪烁出锐利的寒光。

欧文站在礁石上，看着阿呆一拳又一拳地将海浪洞穿、击退，他满意地点了点头，感叹道："阿呆进步得还真快啊！虽然往生果效力非凡，但这孩子也确实努力。"和海浪对抗的辛苦根本不是一般人能想象的，阿呆现在已经没有了学习其他知识的时间，每天就是冥思，打坐，和海浪对抗，但是，他从来没有喊过一声苦。

日正当午，欧文将阿呆从木桩上解了下来。两人吃过饭后，阿呆正准备再回木桩处练习，却被欧文拦住了。

"咱们要开始下一课了，你的生生斗气已经运用得不错了。"欧文抓起阿呆修长的双手，道，"你的手形比叔叔的还要好。你知道吗？叔叔的功夫大多都在剑上。从今天开始，你要去体会剑的特性，在这方面，我没什么可教你的，一切都要靠你自己体会。只有和剑成为真正的朋友，才能发挥出它百兵之王的威力。"他从礁石后拿出当初那柄巨大的阔剑，由于几年不用，剑身上生满了铁锈。

"老伙计啊！这些年冷落你了。"看着手中的阔剑，欧文眼神迷蒙。这把剑伴随了他三十年啊！他一手持剑，另一只手闪烁出白色的生生真气，将白光向剑身抹去，剑身上的铁锈顿时消失了，露出光芒闪烁的剑刃。

"阿呆，这把阔剑伴随了我三十年之久，从今天起，它就是你的伙伴了。此剑剑长五尺六寸，柄一尺二寸，剑刃四尺四寸，剑刃最宽处为半尺，最厚处三寸，重七十六公斤，剑名天罡。"

阿呆一愣："七十六公斤？叔叔，您没说错吧？"即使是镇里的铁匠的铁锤，也只有二十公斤而已啊。

欧文平举剑身，仅凭颤动手指就使剑身晃出一片剑影，七十六公斤的重剑在他手中仿佛羽毛一般轻。欧文把剑横在身前，抚摩着剑身，道："很沉吗？也许开始用它时你会这么觉得，但当你的心与它合而为一的时候，你就再也感觉不到它的重量了。"

阿呆看着比自己还要高的天罡剑，不禁兴奋起来，他上前几步，冲欧文道："叔叔，能给我试一下吗？"

欧文手指一绕，剑尖朝下，将剑柄递了过去。阿呆伸手抓住剑柄，欧文刚一松手，阿呆只觉得手上一沉，虽然事先有心理准备，但他还是没有拿稳，"当"的一声，剑尖顿时着地。欧文笑骂道："你这笨小子，生生真气是白练的吗？以气御剑。"

阿呆吐了吐舌头，深吸一口气，催动体内的生生真气，全身散发出白色的光芒，双手用力，顿时将天罡剑举了起来。在生生真气的作用下，他果然觉得剑轻了不少，但挥舞起来异常困难，如果不是练了这么多天如何应用斗气，他恐怕连剑也挥不动。

欧文沉声道："气沉丹田，脚下要稳，将生生真气运转到腰部，以腰带背，以背带肩，以肩带臂，以臂带肘，以肘带腕，以腕带手，以手带指，这就是用剑的基础。天罡剑法本有三十六式，但招式太繁复了，你恐怕很难记住，我将其简化为九招，看着，第一招——长虹贯日。"

阿呆眼前一花，手上一轻，天罡剑已经到了欧文手中。欧文的身体在空中一闪，身剑合一，冲了出去。天罡剑上白光吞吐，充满了一往无前的气势。

欧文落下地来，道："看清楚了吗？这看上去很简单的一招，却要求你的手、眼、心法都要配合到位。这样吧，你现在还不必练习剑法，今天先练最基础的劈、挑、刺三个姿势。"说着，他将三个姿势的要领说了一遍，然后把天罡剑交给阿呆，飘然而去。

"我劈，我劈。"当太阳落山之时，阿呆已经练得全身酸痛不已，虽然只是简单的三个姿势，但他总找不到感觉。

"你练得怎么样了？"欧文的身影突然出现在礁石上，他手上拎着一根树枝。

阿呆挠了挠头，道："我也说不好，但总感觉和您示范的不太一样。"

欧文看了一眼礁石上的道道剑痕，摇了摇头，道："劈要有劈的气势，虽然力量最多只能发七分，留三分变招，但在气势上必须压倒对手才行，你看着。"说着，欧文双手握住树枝，高高举起。

周围的海风似乎停滞了，不再吹到阿呆身上，异常强大的压力使他不得不后退几步，他吃惊地看着欧文手中的树枝。

压力突然消失，让阿呆有一种身体前倾的感觉。欧文道："你看清楚了吧，现在你用剑劈我，只要你能让我双脚离开原地，就算你成功了。"

阿呆点了点头，学着欧文的样子，双手将天罡剑高高举起，说了声"叔叔小心"，便将斗气灌入剑刃之中，当头劈下，虽然并没有欧文的气势，但天罡剑上也散发出了淡淡的光芒。

欧文脸上露出一丝笑容。在天罡剑就要劈到顶门之时，他轻轻一挑树枝，顿时将剑引到了一旁。阿呆感觉到自己手中的剑突然一沉，"当"的一声，顿时劈在了一旁，小半个剑刃陷入了地下。

欧文道："斗气要蓄而不发，或者骤然迸发，如果你刚才不将斗气完全散发出来，我就无法轻易地卸力了。再来。"

就这样，这一老一少在礁石上练了起来。生生真气源源不绝地支持着阿呆挥舞重剑，直到深夜，他终于可以逼迫欧文与他硬拼了，虽然没有逼退欧文，但欧文对他的表现非常满意了。

为了让阿呆更好地掌握用剑的要领，领会剑意的要诀，从第二天开始，欧文依然将阿呆绑在木桩上，不同的是，换用天罡剑来劈波斩浪。

时间过得飞快，阿呆和欧文已经来到石塘镇六年了。

礁石上，光芒不断闪烁着，那是阿呆在练习天罡剑法，天罡三十六式剑法在天元大陆上是最普及的剑法之一，虽然威力不是很大，但有着大开大合的气势，最适合在战场上使用。虽然欧文将这套剑法简化了，但气势并没有减弱。

经过长时间的练习，阿呆现在已经可以熟练地催动生生斗气控制天罡剑了。由于有了前几年打下的良好基础，阿呆学起其他的东西来都快了很多。六年来，欧文将自己一生所学倾囊而授，虽然阿呆脑子慢，但他的刻苦弥补了这些不足。他的生生真气已经快进入第五重境界了，身法、剑法都有了长足的进步，在欧文用树枝的情况下，他足可以支撑数十招不败。

欧文站在一旁看着舞剑的阿呆，露出满意的微笑。再过一段时间，当阿呆的生生决突破到第五重时，他就可以将自己的秘技传授给阿呆了。十八岁的阿呆已经长得和欧文差不多高，肩宽背阔，除了脸上还流露着孩子气以外，怎么看都已经像个大人了。

"好了，阿呆，回来吧。"欧文高声喊道。

阿呆提气轻身，倒提着天罡剑飘落在欧文身旁，道："叔叔，又要学新东西了吗？"

欧文微笑着摇头，道："这几年你已经把基本的东西都学得差不多了，叔叔很满意。再过一段时间，等你的生生决达到第五重境界，叔叔就教你名传天元大陆的冥王剑法。那才是叔叔的真本事啊！走吧，今天一大早，你席尔叔叔就来找我，说中午请咱们爷俩去吃螃蟹呢。你小子有口福了。"

一说到吃，阿呆仍旧像小时候一样双目放光，他憨憨笑道："好啊！阿呆最喜欢吃螃蟹了。"

两人谈笑着回到石塘镇，天罡剑就留在了礁石群中。这几年，席尔一家虽然和欧文来往密切，但仍然不知道欧文和阿呆都有一身功夫。欧文只告诉他们阿呆长大了，每天去船场打工。

"欧文爷爷，您来了，快里面请！"十六岁的席菲热情地将欧文和阿呆请进了院子。十六岁的她已经长成了一个大姑娘，在石塘镇有"第一美女"的称号。席菲瞥了阿呆一眼，脸一红，转身去叫爷爷了。

"大哥，你可来了，今天咱哥俩可要好好喝上几杯。"

欧文哈哈一笑，道："我还怕你不成？哪回喝酒，你不是输了吗？席中、席发、席白呢？怎么没见他们三个？"

席尔笑道："今天天气好，他们都带着老婆出去打鱼了，恐怕要到晚上才会回来。席菲，把螃蟹和菜都端上来吧。"

"哎——"

席菲答应一声，和弟弟席风、席雷跑到厨房端菜去了。

席尔道："大哥，我们席菲丫头的手艺是越来越好了，她妈倒是清闲了，家里的饭菜全由她一个人做。"

欧文点头道："这丫头也长大了，谁娶了她可就有福气了。"

席尔凑到欧文身旁，神秘地道："大哥，我今天叫你来，就是想和你商量商量席菲的婚事。这个大媒，可是非你不可。"

欧文一愣，道："怎么？你看上谁家的孩子了？"

席尔瞥了阿呆一眼，道："阿呆这孩子是我看着长大的，淳朴又善良，村子里那些小子们都太浮躁了，只有把席菲嫁给阿呆，我才能放心啊！怎么样？大哥，我们家席菲嫁给阿呆，便宜他了吧，哈哈。"

欧文心中一惊，看了愣愣的阿呆一眼，道："兄弟，他们的辈分可是不同的，而且孩子们都还小，还是过几年再说吧。"

席尔呵呵一笑，道："咱们这是街坊，辈分就各论各的，无所谓，谁会说什么闲话？他们俩一个十八、一个十六，也不算小了。怎么？我们家席菲还配不上这傻小子吗？阿呆，你说，你喜不喜欢席菲？"

这时，阿呆的脑海中浮现了当初丫头的容貌。

"阿呆哥哥，等我长大以后，就嫁给你，好不好？"

"从现在开始，我丫头就是你阿呆的未婚妻了，以后你可要好好对我。"

对丫头的思念充满着阿呆的心头，直到席尔连叫他几声，他才回过神来。

"啊！席尔叔叔，您说什么？"

席尔没好气地说道："你这小子，想什么想得那么入神？我问你，你喜不喜欢席菲？"

阿呆点头道："喜欢啊！菲儿妹妹是很好的女孩儿。"

席尔看了欧文一眼，得意地笑道："你看，你看，人家孩子都同意了吧，我们家席菲也没问题。阿呆，席菲嫁给你，你以后可要好好待她，听到没有？"

欧文皱了皱眉头，现在阿呆的修炼正到了紧要关头，怎么能结婚呢？何况，还有那么多事等着阿呆去做。但是，席尔一家一向对他们照顾有加，他又怎么能拒绝席尔的好意呢？

正在欧文为难之际，阿呆忽然连连摇手，道："不，不，席尔叔叔，这不行啊！"

席尔一瞪眼睛，道："怎么不行？"

阿呆低下头，说道："我……我已经有未婚妻了。"

他这句话一说，不光席尔愣住了，连欧文也吃了一惊，他可从来没听阿呆说过有未婚妻。

"当啷——"刚刚走出厨房的席菲正好听到了阿呆的话，手中煮熟的螃蟹和铁盘一起掉在了地上，她双眸通红地看着阿呆，半晌，哭喊道："臭阿呆，我恨你！"接着，她掩面转身跑回了自己的房间。

虽然当初阿呆为救他们险些淹死，席菲为此遭到了爷爷的责罚，她有很长一段时间都没有理会阿呆，可随着时间的推移，她早已将那时的事情忘记了。她渐渐地喜欢上了高大质朴的阿呆，这才让爷爷席尔来试探欧文。可席尔性子急，再加上他本身也很喜欢阿呆，就想今天把婚事定下来，所以才有了刚才的一幕。

欧文拉起阿呆，叹了一口气，低声道："兄弟，对不起了，阿呆确实是从小就定了亲。唉，是阿呆没有福气，我们先走了。"说着，他拉着懵懂的阿呆离开了席尔家。

席尔听到阿呆那一番话后，顿时觉得颜面扫地，没有起身送行，任由他们走了。

出了门，欧文才松了口气，冲阿呆低声道："你这小子，什么时候也学会说谎话了？不过，你这回说得倒是及时，否则席尔那家伙真会把孙女嫁给你。阿呆，叔叔是不是太自私了？"

阿呆摇了摇头，回答道："叔叔怎么会自私呢？阿呆这么笨，根本就照顾不好席菲妹妹。更何况，阿呆没有说谎，我确实是有未婚妻了。"

在欧文的追问下，阿呆将当初自己和丫头的事说了一遍。

欧文笑道："原来是这样啊！没想到你这小子傻乎乎的，倒是有不少女孩子喜欢。不过，男子汉大丈夫，要先闯出一番事业来才能成家，你明白吗？叔叔的血海深仇就指望你了。"

阿呆一愣，道："叔叔，您有什么仇？难道以您的功夫，还不能报仇吗？"阿呆深深地知道，虽然自己跟着欧文学习了五年，但如果欧文全力攻击的话，自己连一招也接不下来。更何况，在迷幻之森中，欧文使出的邪恶攻击至今都令他记忆犹新，那根本是不可抵御的力量啊！

寒光在欧文眼底一闪而过。

"现在还不是告诉你的时候，我的仇人强大到你根本无法想象的程度，如果我没有中无二圣水的剧毒的话，也许还可以跟他拼一拼，可是，以我现在的状况，根本没有任何希望。孩子，叔叔的心愿就寄托在你身上了。"

两人说着，就走到了家门口，突然，欧文脸色一变，一把拉住阿呆，肃然道："什么人？出来吧。"

阴恻恻的声音从院子里响起："嗯，不愧是冥王，我们已经很小心，居然还是被你发现了。"人影一闪，七个全身被黑衣笼罩的人出现在欧文和阿呆面前，他们的手中都拿着一柄窄剑，十四只寒光闪烁的眸子死死地盯着欧文。

阿呆心中一惊，因为他认出这七个人的装束几乎和当初在迷幻之森中追杀欧文的人一模一样，中间那人的胸口上多了一个金色的骷髅头图案，而其他六人的胸口处则多了一个拳头大小的银色骷髅头图案。

欧文倒吸一口凉气："副会长，元杀组。"

中间那人冷哼一声，道："原来你这第一杀手还认识我们。你也算厉害了，中了无二圣水的剧毒竟然还能活到现在。你还是老实点，快跟我们回去吧。你应该知道，即使是没有中毒，你也未必能和我们抗衡。我们真是找了你很久啊！"

欧文眼中神色复杂，良久，他瞥了一眼身边的阿呆，叹息道："你们确实厉害，这样都能找到我。我可以跟你们回去，不过，这个孩子什么都不知道，请你们放过他。"这一刻，欧文已经万念俱灰，他非常清楚元杀组的实力，更何况，此时还有一个深不可测的副会长在。他现在唯一的心愿就是保住阿呆，可是，在这群心狠手辣的杀手面前，这是何等困难啊！

副会长看了一眼阿呆，森然道："冥王，组织的规矩，你应该比我更明白。"

欧文厉声道："副会长，你不要逼人太甚！"接着，他的手摸向右胸，生生斗气透体而出。

副会长冷笑一声，道："冥王，你还能使出冥王剑吗？我倒想见识见识。"

欧文赶忙扭头冲阿呆道："你快走，远离这里，回去找你的老师吧。"

阿呆坚定地说道："不，叔叔，要死咱们就死在一起，我绝不会舍您而去的。"

欧文心中大急，阿呆的心性他再明白不过了。他朗笑一声，道："那好，那你就在一旁看着叔叔怎么杀了这群畜生。"说完，他左手一挥，柔和的生生斗气将阿呆推了出去。

欧文眼中寒光暴涨，森然的杀机充斥全身。他明白，只有拼命才会有一线生机。以欧文为中心，六年不曾使用的邪恶之气从他胸口骤然澎湃而出，向面前的七人笼罩了过去。

惊讶之色从副会长眼中一闪而过，他沉声道："欧文，你真要拼死反抗吗？天下至邪冥王剑，好，我倒要看看你能使出几招。上！"在他的命令下，六名元杀组成员手中的六把窄剑像六条毒蛇一样，从诡异的角度噬向欧文。

出乎意料的是，欧文并没有阻挡，而是身体随着剑气荡起，闪向一旁，轻飘飘的，仿如一片树叶。但是，他面对的是杀手公会最高级别的杀手，虽然闪开了正面，但肩膀和大腿处还是被划出了几道血痕。

欧文身上的邪恶之气不断增强，不断往外散发，天空仿佛都阴暗下来，六名元杀组成员也在不断地攻击着欧文。欧文身上伤痕累累，一会儿的工夫已经变成了血人。如果不是因为这些杀手要分出大部分精力对抗邪恶之气，恐怕欧文早已支撑不下去了。

阿呆在一旁看得目眦欲裂，纵身一跃，向战团冲了过去，他猛然挥出右拳，一股白色的斗气澎湃而出，撞向其中一名黑衣人。

黑衣人头也不回，反手刺出窄剑，红光一闪，阿呆发出的斗气顿时消失于无形之中。窄剑仿若毒蛇，刺向阿呆的小腹。阿呆根本来不及闪躲，眼看着剑已临身，却偏偏没有躲闪的空间。到现在他才明白自己与面前这些人有着多大的差距，但为时已晚。就在他闭目待死的那一刻，欧文突然挡在他身前，一脚踢出，窄剑顿时滑向一旁，只在阿呆腰部留下了一道伤痕。欧文也为此付出了代价，左肩被另一名杀手的窄剑刺中。

欧文厉喝一声，邪恶之气骤然迸发，在他胸口处形成一道幽蓝的光影，六名杀手同时一滞，借此机会，欧文一脚将阿呆踢飞，大吼道："别再过来，一切有我。"

周围的空气因为邪恶之气竟然已经变成了灰黑色，欧文的白色衣服完全变红了。他在灰黑色的空气中仿如恶鬼，凄厉地喊道："你们以为元杀组就了不起吗？在我冥王眼中，你们只是那畜生手下的一群走狗而已。我现在就让你们看看什么是真正的死亡之力！冥王一闪天——地——动——"

幽蓝的光芒仿佛来自地狱，从欧文的胸口处出现，空气中的邪恶之气瞬间融入蓝光之中。一声惨叫响起，一名元杀组杀手倒了下去，他的眉心出现了一个小孔，身体迅速枯萎。

欧文的动作并没有停，他的身影已经变得模糊不清，幽蓝光芒连闪："冥王再闪鬼——神——惊——"

蓝光化为道道光影，两声惨叫响起，又有两名杀手倒了下去。

第13章
冥字九诀

巨大而澎湃的斗气产生出巨大的力场，阿呆刚才被欧文踢出了足足五十米远，眼前的一幕让他永远无法忘怀。

副会长大喝道："他要拼命了，大家合力攻击！"

他不能继续置身事外，身体平移而出，一个巨大的爪形金色斗气抓向空中的欧文。

欧文惨烈地大笑着，蓝光陡然间大盛："冥王化刃斩——立——决——"

所有的光影重合，化为一道巨大的幽蓝色光刃急劈而下。金色的爪形斗气顿时消失无踪，光刃缓了一缓，但还是带走了一名杀手的生命。这名杀手，连尸体都没有留下就完全消失在了空气之中。

副会长心中大骇，他以前只听说过冥王剑有两招，分别是"冥王一闪天地动"的冥闪和"冥王再闪鬼神惊"的冥连闪。这两招，他自认可以应付，所以才不怕欧文反抗，可是，他从来没有听说过的冥王剑法第三招出现了，这让他大吃一惊。如果不是自己的手下用生命化解掉了那诡异而霸道的攻击，他也没有把握能接下那一招。副会长顾不得再保留实力，全身大放金光，无数爪影向刚刚施展完第三招的冥王欧文扑去。剩余的两名元杀组杀手跟随着他一起扑出，即使是面对如此强大的敌人，他们的心志也没有动摇。

欧文早已豁出去了，大喝道："去死吧！冥王分身影——无——尽——"无数幽蓝色的光影从他身上飘洒而出，迎向了空中的副会长。

副会长惊呼道："还有？"

眼前大片的蓝光带着死亡的气息扑面而来，他发出的斗气仿佛没有任何威力一般完全被吞噬掉了。顾不上攻敌，先求自保，他双手大张，将身旁的两名杀手抓到身前，运起全身功力，将两人抛向大片蓝光之中。

这两名杀手来不及发出惨叫，便消失在空气之中。残余的蓝光带走了副会长一只左手，他感觉自己体内的精血和生命力正飞速从消失的左手处流出。没有任何犹豫，他一掌击向自己的左臂，就那么硬生生地废掉了它……

欧文猛地向副会长扑了过来，大吼道："冥王……"

听到这两个字，副会长就如同惊弓之鸟，右掌慌忙向地面发出一击。轰然巨响中，一个深达三米的大坑出现，而他也借着反弹之力，如星丸跳跃般消失在远方。

这些都是在几个眨眼的工夫间发生的。当阿呆赶回来时，一切都结束了。欧文半跪在地上，不断地喘息着。阿呆扑到他身前，兴奋地大喊道："叔叔，叔叔你好厉害啊！坏人都让你打跑了。"

欧文没有回应，还在剧烈地喘息着。阿呆一惊，赶忙跑到欧文背后，将精纯的生生真气输入欧文体内。得到阿呆的支援，欧文似乎舒服了不少，他长出了一口气，扭头冲阿呆道："快，扶我回屋。别停，一直给我输入你的真气。"

阿呆吃惊地发现欧文的眼睛完全变成了红色，脸庞上显现出一丝淡淡的蓝气。他赶忙将伤痕累累的欧文扶了起来，把他的手臂搭在自己的肩膀上，另一只手则按在欧文的后背上，不断将生生真气传送过去。

回到房间，阿呆扶着欧文躺在床上，一只手按在欧文小腹的丹田上，然后全力催动自己的真气，不断地给欧文输送着。但是，他发现欧文体内的状况异常紊乱，真气到处乱窜，欧文的脸色一阵红一阵白，蓝气虽然没有加深，但也没有消退的迹象。

"好了，阿呆，你不要输入那么多真气，只要保持一点就行了。"欧文睁开通红的眼睛，喘息着说道。

"叔叔，您不要紧吧？您好好休息，少说话，一定会好起来的。"阿呆关切地说道。

欧文轻轻地摇了摇头，道："阿呆，你听叔叔说，叔叔有很多事要告诉你，再不说就来不及了。"

眼泪顺着阿呆的眼角流了出来，他用力摇着头，道："不，不，叔叔，您一定会没事的，一定会好起来的！"

欧文脸上露出一丝微笑，道："孩子，谁都有死去的一天，叔叔已经六十多岁了，现在死也算不上早亡，但叔叔有许多心愿未了，希望你能帮叔叔完成。如果能完成，叔叔也就心满意足了。"

阿呆哽咽道："叔叔您说，阿呆一定努力帮您完成心愿。"

欧文叹息一声，道："叔叔这一生，说来真是惭愧，完全是荒唐过来的。我年少时气盛，仗着自己有一身不弱的功夫在天元大陆上四处闯荡。为了能得到更多的财富，我加入了杀手组织，也就是天元大陆的杀手公会。那时候的我年少轻狂，根本不知道什么叫怕，做了几件大案也造成了一时的轰动，但由于不够谨慎，暴露了身份，成了四大帝国共同通缉的要犯。也是从那时开始，我再也不能过普通人的生活了，我陷入了杀手公会之中不能自拔。二十七岁那年，我就已经达到了灭杀者级别，三十七岁的时候成了杀手公会灭杀组的组长。杀手公会中的杀手虽然不多，但个个都有着很高的功夫，而且他们都精于隐匿和暗杀。杀手公会共分四个小组，按等级高低，依次是灭杀组、忍杀组、暗杀组和刺杀组。"

欧文喘息几声，阿呆赶忙加力给他输入生生真气。欧文看了他一眼，血红的眼里露出几许悲意。

"叔叔，您休息一会儿吧，先别说了。"

欧文摇了摇头，道："现在不说，就没有机会了。等我说完，你必须赶快离开这里。我不要求你能记住我说的每一句话，但你一定要认真听我说，这关系到你的未来。杀手公会除了那四个固定执行任务的小组以外，还有一个更加神秘的小组，就是刚才截击我们的人，胸口上有一个银色骷髅头图案。他们在组织中被称为元杀者。所谓元杀者就是元老级别的灭杀者，他们全都是年龄超过六十岁且达到灭杀者级别并退下来的杀手。组织会赡养他们终老，当然，由于他们有着多年的杀手经验，而且个个功力卓绝，因此遇到一些特殊的任务，他们还是会出动的。这些元杀者在组织中有着极为崇高的地位，只有主上，啊，不，只有杀手公会的会长才能调动他们。元杀者的人数我也不清楚，应该不会太多，我今天杀了六个，估计最多也还剩六个吧。那个胸口上绣着金色骷髅头图案的人，就是杀手公会的副会长，他的功力你已经见过了，如果不用冥王剑，我根本不可能是他的对手。"

阿呆问道："叔叔，那个副会长就是您的仇人吗？"

欧文睁大通红的双目，恨声道："他只是其中之一，还有一个就是杀手公会的会长，也就是被所有杀手称为主上的人。我在组织里待了那么多年，却始终不知道他的真实身份。就是他，破坏了我原本平静的生活，毁了我这一辈子。"

说着，欧文的身体突然痉挛起来，不停地抽搐着，全身散发出滔天恨意，半晌才继续说道："说到这儿，我就必须告诉你关于我的秘密了。阿呆，你解开我的前襟。"

阿呆一愣，但还是照做了，他小心地将欧文那已经被血染红的前襟打开，中衣上有一道裂缝，里面微微鼓起，似乎有什么东西。

欧文深吸了一口气，白光从脸上一闪而过。他勉强用手在自己的后背上按了一下，胸前那鼓起随之一动。他小心地从中衣的裂缝里拿出一样东西，那是一个黑色的皮囊，长长的皮带从皮囊上斜斜地穿过，皮囊长约五寸，一个黑色的剑柄露在外面，剑柄上雕刻着各种复杂的符号，尾端有一颗黑色宝石，宝石光芒流转，淡淡的邪恶之气不断地散发而出。

欧文有些痴迷地看着露在外面的剑柄，叹息道："这就是叔叔仗以成名天元大陆的冥王剑。"

他抓住剑柄，将冥王剑从皮囊中取了出来，黑色的剑鞘上雕刻着一条栩栩如生的白龙，但这条龙没有鳞片，只有骨架，张牙舞爪的，看上去异常诡异，尤其是眼睛部位，有两颗闪烁着幽蓝之光的宝石。欧文将剑从皮囊往外抽，尚未出鞘，但邪恶之气骤然大盛，即使有生生真气护体，阿呆仍不自觉地打了个寒战。

"这个皮囊已经有将近四十年没有离开过我的身体了。我冥王的称号也正是由这把剑而来。此剑乃天下至邪、至恶之物，它虽然给我带来了无与伦比的实力，但也间接毁了我的一生。那年，我二十七岁，由于从小刻苦练习武技，已经算得上是一名高手了。年少轻狂的我喜欢冒险，喜欢和一群伙伴在天元大陆上游荡。"

喘息一会儿，欧文继续说道："一次偶然的机会，我们进入了一个远古密藏之中，那里机关重重。我们对此非常感兴趣，经过将近一个月的努力，我们终于进入了密藏内部。里面没有我们想象中的宝藏，只有一个巨大的封魔阵，而这把冥王剑就高悬于阵中。我也是后来才明白，封魔阵的目的就是要封印冥王剑的邪恶之气。我们试了许多办法都没能破除封魔阵，可是，我们这群人喜爱冒险，又怎么会善罢甘休呢？终于，在经过一个多月的努力后，封魔阵的枢纽被我们找到了。

　　"就在我们破坏枢纽的瞬间，庞大的邪恶之气吞噬了我的同伴，而我，由于自小修炼了拥有神圣气息的生生决才得以幸免。冥王剑仿佛有灵气，飘落在我面前。同伴的死深深地触动了我的内心，我本来想将冥王剑重新放回封魔阵，可惜的是，阵法已经破坏，不可能再修复如初了。

　　"就在那时，洞穴中突然传来一个声音，那个声音，即使到现在我都记得很清楚，那是用高级魔法留下来的传声之法。声音自称是第四代廷主，当初无意发现冥王剑，险些被它那巨大的邪恶之力吞噬，以他的能力不足以毁灭这把剑，所以他只得和几名红衣主廷司一起设置了封魔阵，将冥王剑封印起来。他说，谁要是破坏了封魔阵，就成了天下的罪人，一定不能让冥王剑的邪恶之气肆虐天下，我们要成为冥王剑的守护者。廷主当初在得到冥王剑的时候，一同得到的还有两个羊皮卷轴。羊皮卷轴之一记载的就是冥王剑的使用方法，而另一个羊皮卷轴，即使是他也没能看明白上面到底是什么。我计算了一下时间，我得到冥王剑的时候，这把剑最起码有几千年的历史了，你要知道，现在的廷主已经是第二十八代了。"

　　欧文激动地看着手中的邪恶之剑，黯然摇了摇头。

　　冥王剑的故事也勾起了阿呆的兴趣，他将邪恶之气阻于体外，同时问道："既然这把剑如此邪恶，那叔叔为什么还要用它呢？"

　　欧文苦笑道："这就是人的欲望了。冥王剑虽然邪恶，但它也蕴藏着巨大的力量，谁拥有这种力量，谁就可以成为绝世高手。而酷爱武技的我又怎么受得了这种诱惑？当时还在洞穴中的我就打开了羊皮卷轴，学习了冥王剑的使用方法。按照其上的描述，我学会了其中两招。那时，我还不像后来陷入得那么深，还能谨记廷主所说，将冥王剑收藏起来，没有让任何人看到。这个皮囊就是廷主亲手所制，有抑制邪恶之气的功效。所以剑在囊中之时，邪恶之气并不是那么明显。"

说着，他又将冥王剑插回了皮囊中。邪恶之气收敛，阿呆顿时松了一口气。此时，欧文脸上的蓝气又深了几分，他的身体始终在不断地颤抖着，显然是无二圣水的剧毒开始发作的迹象。

"叔叔，无二圣水的剧毒好像开始发作了，您还是先休息一下吧，我帮您用生生斗气把它压下去。"

欧文摇了摇头，道："用不着了，疾入骨髓，司命之所属，叔叔是没得救了。你让我把话说完吧，否则我即使是死，也不能瞑目。这一切在我心里憋得太久了。

"我二十七岁的时候，已经将生生决修炼到了第五重境界，就是你很快将要达到的境界。当时我虽然功力不弱，但遇到真正的高手还是不行。我自幼父母双亡，父母都惨死在海啸之中。流浪的我被师傅收留，我的师傅就是现在天元大陆上赫赫有名的五位剑圣之一，他老人家的功力已经达到了超凡入圣的境界。

"我得到了冥王剑，想尽快回到师傅身边，继续刻苦修炼。但是，我在路上遇到了一群土匪，他们正在洗劫一个小村子，烧杀抢掠，无恶不作。那时的我还是很有正义感的，二话不说就冲了上去。当我将土匪杀得差不多时，他们的头儿出现了。我万万没有想到，在那个穷乡僻壤之中，竟然会有那等高手。只是十几个回合下来，我就被他重创。他看出了我的师门，因为怕我师傅报复他，决定杀了我灭口。就在那生死存亡的一刻，我想起了冥王剑。那招'冥王一闪天地动'的冥闪在我的控制下出击了。由于是第一次使用，我还没有完全掌握，那一剑不但将对手击杀了，冥王剑的邪恶之气也将村子中所有剩余的生命都摄走了。也正是我妄动了冥王剑，我的一生被改变了。"说到这里，欧文一脸痛苦之色。

阿呆愣愣地问道："全村的人都死了吗？"

欧文点点头，痛苦地道："是的，他们都死了，没有一个活口。冥王剑的邪恶之气实在是太霸道了，我醒来的时候，发现村子里的人都死了。那情景，险些把我逼疯了，我从来没有杀过那么多人啊！那时我就发誓以后再也不用冥王剑了。足足过了一个多月，我才恢复过来。就在我往师傅那里赶的路上，我遇到了杀手公会的人，也不知道他们是如何得知我拥有冥王剑的消息的，缠着让我加入杀手公会。我那时是名门正派的弟子，又怎么会加入他们呢？于是我断然回绝，打发了他们。可谁知道，正是因为这样，我最爱的人才惨遭凌辱而死。"

欧文紧紧地攥着冥王剑的剑柄，全身不断战栗着，滔天的恨意从他身上不断升起，血红的双眸闪烁着一层黑气。

欧文抬起手，阻止阿呆打断他说话，继续道："我师傅有两个孩子，一儿一女，他的女儿就是我最爱的人。我虽然像一匹野马，始终在外历练，但总有一根线牵着我的心。那根线的一端就是她，我至爱的女人。

"当我回到师傅身边时，师妹的死犹如晴天霹雳，给我当头一棒。师兄弟都说师妹是因我而死的，确实，如果不是我，师妹怎么会下山历练呢？她是为了寻找我，在一个小城中，遭人暗算……"

欧文的牙齿咬得咯咯作响，血红的眼眸已经变成了淡淡的灰黑色，惊人的怨恨和邪恶之气压得阿呆险些喘不上气来。

半晌，欧文的情绪才渐渐平静下来，泪水从他眼角流出。

"师妹死了，而我连凶手是谁都不知道。我发疯一般跑了出来，见人就问是不是他杀了我师妹，四处寻觅着凶手。就在我快要崩溃之时，杀手公会的人又一次找到了我。他们告诉我，如果我加入他们，就告诉我凶手是谁。我当时已经急怒攻心，就毫不犹豫地答应了。于是，他们就带着我找到了杀害师妹的凶手。那是落日帝国的一个贵族，他毫不隐瞒地承认是他杀害了我的师妹。我没有用师傅传授我的天罡剑法，而是用出了邪恶之气通天的冥王剑。

"那是一个沾满了鲜血的夜晚，除了那个贵族是死在我的剑下以外，贵族一家一百二十三口都被冥王剑的邪恶之气吞噬了灵魂。受到冥王剑的影响，我毅然加入了杀手公会，成了一名灭杀者。十年，整整十年的时间啊，我的神志才在生生决的生机中恢复过来。但是，我已经无法自拔了，天元大陆第一杀手的帽子早已戴在了我的头上。无论到哪里，我都是一名双手沾满了鲜血的杀手。阿呆，叔叔是个坏人，是不是？叔叔杀了那么多人。"

阿呆早已被欧文的经历震惊了，他的大脑几乎停止了思考，他茫然摇头道："不，我不知道，我真的不知道。"

欧文断断续续地说道："我这一辈子，真是……三十年的杀手生涯毁了我的一生。就在第一次见到你的几个月前，在一次偶然的机会中，我偷听到了主上和副会长的谈话。他们谈话的内容透露出一个惊天秘密。原来……原来……当初师妹的死，竟然是他们一手策划的！他们的目的就是要将我笼络成杀手公会中的一员。我恨，我好恨啊！为什么当时的我那么傻?! 我想冲进去报仇，但长年的杀手经历让我即使在最愤怒的时候也会保持着清醒。我知道，即使使用冥王剑，我也未必是主上和副会长的对手，于是我选择了暗杀，我要等到一个机会偷袭他们，为师妹报血海深仇。"

阿呆吃惊地看着欧文，道："阴谋，那竟然是阴谋吗？"

欧文痛苦地点点头，道："是的，是阴谋，阿呆，你实在是太善良了。在杀手公会这个圈子，软弱的人容易受人欺负。也许是我神色间露出了破绽，主上竟然发现我知道了那个秘密。他当然不会让我威胁到他的生命，不动声色地请我喝酒。自从师妹死了以后，除了杀人以外，酒就成了我生命的全部。我喝了他递过来的葡萄酒，可是，我没有想到酒中竟然有天元大陆第一奇毒无二圣水。在我喝了那杯酒以后，主上，不，那个畜生，毫不隐瞒地告诉了我实情。他并没有杀我，而是让我考虑，如果我愿意放弃以前的仇恨，他就给我无二圣水的解药。"

阿呆一愣，道："可是，无二圣水是没有解药的啊！"

　　欧文点头道："我知道，但当时那种情况，我只得先答应考虑，然后再找机会逃出来。那畜生派遣我手下的十二名灭杀者追杀我。后来，在迷幻之森的一幕，你就看到了。现在想来，那畜生也许和你一样，有差不多的抑制无二圣水的毒性之法吧。但是，就算他真的能解我中的毒，我又怎么能在自己的仇人面前摇尾乞怜呢？"

　　欧文停了一会儿，继续说道："阿呆，你知道为什么叔叔能将刚才那些人都杀了，只有副会长逃走了吗？"

　　阿呆回答道："叔叔功力高深，他们那些坏人当然不是您的对手了。"

　　欧文摇了摇头，道："不，以我的功力，我最多可以对付两名元杀者，即使在全盛之时，使用冥王剑，我的力量也只能支撑我杀掉五名元杀者。还记得你的倾世一击，那种将全部力量压缩后瞬间爆发的方法吗？今天，我就是用了那种方法，在不计后果的情况下，将体内的生生真气完全压缩，开始时我不还手，就是在压缩真气。瞬间爆发的能量确实强大，我竟然用出了冥王剑的第四招，可惜到了第五招的时候，我那爆发的能量就已经消耗殆尽，天意啊！我发挥出全部的功力后，自然就无法控制体内的毒了，现在，我体内的生生真气已经枯竭，无二圣水的毒性早在我使出冥王剑的时候就发作了。如果不是你一直用生生真气支撑着我的身体，我早就不行了，可惜啊，刚刚没有将副会长一起杀了。这柄冥王剑，以后就是你的了。算是叔叔最后送你的礼物吧。"说着，他想要将手中的皮囊递过去。

阿呆想起了冥王剑的邪恶之气，有些惊恐地道："不，叔叔，我不要，我……"

欧文怎么会看不出阿呆心中的想法呢？他叹息道："孩子，剑是无罪的，虽然冥王剑蕴含着至邪之气，但用它来杀坏人，是再合适不过的。经过多年的研究，叔叔发现生生真气正是这股邪恶之气的克星，也正是因为叔叔修炼了生生真气，才能始终不被邪恶之气侵蚀，你将生生决修炼到第八重以后，就可以控制邪恶之气的散发了，不会轻易伤害到无辜的人。"

欧文一边说着，一边从皮囊中取出两块羊皮卷轴："这两块羊皮卷轴，一块是冥王剑法冥字九诀的修炼方法，而另一块就是当初廷主也无法理解的东西，你要好好研究它。据我所知，这块写有古文字的羊皮卷轴应该藏有冥王剑的秘密。冥字九诀，可以说是天下最强的剑法，一共九招，必须配合冥王剑才能发挥出威力。具体的修炼方法，还是以后你自己摸索吧，修炼不难，关键是要控制住那股邪恶之气不伤及自身。"说完，他将羊皮卷轴重新装回剑囊，第二次想要将其递给阿呆。

看着欧文眼中的期望，阿呆虽然对面前这把剑充满了厌恶之情，但还是接了过来。

欧文明显松了一口气，这把冥王剑跟了他几十年，他早已对它充满了感情，即便它改变了他的一生。

欧文又摸索着从怀里掏出一本小册子递给阿呆，道："阿呆，从今以后，你就是冥王剑的守护者。冥王剑在你手中，只能够诛杀恶人，你明白吗？这本小册子是生生决后几重的修炼方法，你拿着，一定要勤加练习。没有生生决的保护，你是不能随便使用冥王剑的。叔叔的生生决已经修炼到了第八重，在我全盛之时，我可以多次使出冥字九诀的前两招，如果拼尽全力，可以发出第四招冥影。这九招剑法，一招强过一招，最后一招，也许连廷神也未必能接得下来。你将生生决修炼到第五重以后，可以尝试着开始练习第一招冥闪。生生决每提升一重，你就可以接着练习下一招，只有这样，你体内的生机才能保证不被冥王剑的邪恶之气侵蚀。事到如今，叔叔也不希望你能帮我报仇了，你太善良，怎么能斗得过那些畜生呢？记住，除非到性命攸关之时，不要轻易使用冥王剑，一旦使用，就将看到它的人全部杀掉，只有那样，你才能保全自己，明白吗？也许，你将生生决修炼到第九重，学会冥字九诀的第五招时，才可以和那畜生抗衡吧。"

第14章
冥王已去

冰凉的感觉不断从皮囊中传入阿呆体内，欧文一生的经历深深地震撼着阿呆的心，阿呆暗暗决定不论如何，也要为叔叔报仇。

"叔叔，那冥字九诀后面的四招，我能练吗？"

欧文肃然道："不行，绝对不行，最后四招蕴含的邪恶之气实在太盛了。如果邪恶之气侵入了你体内，你就会被冥王剑控制，心性尽失，成为它的傀儡，成为一个杀人恶魔，所以，你绝对不能越级使用后面的招数。阿呆，叔叔的眼睛是不是变成灰色了？"

阿呆一愣，看向欧文的眼睛，果然，欧文的眼睛已经完全被灰色取代，看上去异常诡异。

欧文叹息道："这就是越级使用冥王剑法后遭到反噬的表现，还好，我快要死了，怎么也不会成为杀人恶魔了。你一定要小心，一定不能轻易使用后面的招数。虽然我有能力使用冥王剑法的第四招，但我的功力不够支撑我连续使用冥闪、冥连闪、冥斩和冥影，邪恶之气已经完全同化了我的经脉，如果不是因为我多年苦修生生诀，恐怕我早已神志尽失了。孩子，世上的东西没有绝对，用之善则善，用之恶则恶，你要明白这个道理。"

刚说到这里，欧文脸上的蓝气突然大盛，他神色一变，喷出一口红中带蓝的血。

阿呆心中大急，赶忙将体内剩余不多的生生真气加速输入欧文体内，欧文全身颤抖着，似乎在与无二圣水的剧毒做斗争。

良久，他起伏的胸膛才逐渐平复下来，可他的眼神已经黯淡了，他虚弱地说道："阿呆，把冥王剑绑在你的胸口上，快。"

阿呆一愣，善良的他怎么忍心忤逆欧文最后的心愿呢！他扯开自己的外衣，用右手将皮囊斜挂在身上，束紧皮带，冥王剑的剑柄正好贴在胸口上。冰凉的能量输入体内，阿呆不由得精神一振，体内的生生真气似乎被催动了，快速循环起来，原本即将枯竭的能量增加了一些。

在阿呆的生生真气的支持下，欧文勉强忍住再次吐血的欲望，他知道自己已经快抑制不住体内的毒性了，死亡离自己越来越近："阿呆，你……你要答应叔叔，一定不能舍弃冥王剑，尽快学会它的第一招，这样……你才能够在这个尔虞我诈的社会上生存下去。至于冥字九诀的最后四招，如果你的生命力和神圣之气能够超过第九重生生诀的能力，你可以尝试一下，不过一定要小心，千万……不要被邪恶之气反噬。杀手公会，你也千万不要轻易去招惹，他们的势力太大，你心性善良，是斗不过他们的。对……对了，当初你帮我炼制的用来抑制无二圣水的银球，你要保留好，虽然它不能根治无二圣水的毒，但如果你中了其他剧毒，你可以用同样的方法把毒逼到一起，引出体外。可惜啊！我的功力不够……如果我达到第九重生生决的境界，说不定能把无二圣水那散乱的毒完全归拢到银球上呢。

"叔叔死后，你就把这里的房子和叔叔的尸体一起烧了，就用你一直练习的火焰术，省得叔叔体内的毒液外流，不小心害了别人。叔叔生在这里，死在这里，也算是……落叶归根了。好孩子，别哭，叔叔不喜欢看你哭。你是男子汉，一定要坚强，叔叔以后不能再照顾你了，你要照顾好自己，知道吗？"

说完这些，欧文忍不住又吐出一口血，他的脸上已经蓝气密布，过多消耗真气加上剧毒侵体和邪恶之气反噬，即使是廷神，也未必能救回他的性命。吐出血后，欧文的精神似乎好了一些，蓝色的脸庞上泛起一丝红光。

阿呆的泪水早已打湿了前襟，他清楚地感觉到，和自己一起生活了六年的叔叔的生命力正一点一点地消失着。他不断地点着头，答应了叔叔最后的叮嘱。

欧文再咳出一口血，伸出已经变成蓝色的手，轻轻地抚摸着阿呆的头。最后的回光返照使他的精神振奋了不少，他微笑着道："孩子，你知道吗？和你一起生活的六年是叔叔这一辈子过得最平静，也最满足的六年。你离开这里以后，不要跑远了，先拿着家里所有的食物，到礁石堆那边避上十天，然后再走。组织是不会放过我的，所以你以后务必小心。哦，对了，你是会魔法的，最起码也有初级魔法师的水平。从这里一直向西走，你就能到达红飓族的境内。在那里，你找到一个魔法师公会的分会，注册成为魔法师，穿上宽大的魔法袍，就不容易被他们发现了。而且，魔法师是有津贴补助的，足够你日常开销。叔叔当初从杀手公会里跑得太急，没来得及带出多少财产，以后就只有靠你自己了。回到你老师哥里斯那里，你要潜修一段时间，争取多练会几招冥字九诀，然后再去天元大陆闯荡，这样才安全。叔叔最对不起的人，除了师妹之外，就是养育我长大的师傅了，以后有机会，你可以去天罡剑派看看，凡是遇到和你使用同样之剑的人，你都要礼让三分。"

　　欧文脸上的红光渐渐暗淡了，回光返照将他最后残余的能量完全消耗殆尽，他已经支撑不下去了，全身颤抖着说道："记住，在天元大陆上，尽量不要和三种人接触。一种是廷职人员，大多数廷职人员都太正直了。如果被他们发现你身上的冥王剑，我也不清楚会带来什么后果。还有就是杀手公会和盗贼公会的人。替我向你的老师哥里斯问好，并替我向他道歉，抢了他的学生几年，他一定很恨我吧！阿呆，哥里斯虽然不是坏人，但他在天元大陆上的名声不是很好，你还是要提防他一点，不要把冥王剑的事告诉他。叔叔坚持不住了，你撤掉真气吧，烧了这里……你一定要烧了这里，把外面那几具尸体也扔进来，然后赶快离开去礁石堆那边，一定要赶快离开啊！我多想再和你在一起生活下去啊！可是，叔叔要走了，你一定要照顾好自……"

话还没有说完，纵横天元大陆数十年的冥王欧文溘然而逝。

他的脸上始终保持着关切的神情，即使死了，他仍然不放心身前的阿呆。

欧文的手逐渐从阿呆脸上滑落。阿呆完全呆住了，他的心仿佛被大石头压住一样，异常难受，他不知道流了多少眼泪，直到现在，他才明白自己对欧文叔叔的感情有多么深厚，这个六年来无微不至地关怀他，并将一生所学倾囊而授的叔叔，就这么走了。

神圣历九百九十四年六月，纵横天元大陆数十年之久的杀手之王欧文带着满腔的仇恨和不甘走了。

欧文的尸体快速冰冷下来，无二圣水的毒性完全发挥，他的身体已经变成了深蓝色，脸部开始变形，再无一丝生命迹象。

阿呆站了起来，抹了一把脸上的泪水。虽然他不愿意离开欧文，但他的头脑在冥王剑那冰冷能量的刺激下仍然很清醒。他知道，叔叔临死时最放心不下的就是自己，他不能让叔叔失望，他一定要活下去。只有活下去，才有希望替叔叔报仇。

想到这里，阿呆跑回自己的房间，将当初炼制的银球和几件衣服包起来，又将厨房的食物装在一起，这才回到欧文身边。这一切，他都是流着泪做完的，最亲的人走了，他这个才十八岁的孩子又怎么承受得住呢？

欧文的身体下已经融化出一摊蓝水，他那变成蓝色的英俊容貌被无二圣水的剧毒腐蚀得面目全非。阿呆大吼一声："不——"

叔叔已经死了，他不想让叔叔的尸体被毒液摧毁，于是万分艰难地吟唱起了火焰术的咒语："充斥在天地间的火元素啊！请赐予我燃烧的力量，以我之名，借汝之力，出现吧——灼热的火焰！"

在阿呆断断续续的吟唱声中，深蓝色的火苗出现在他的手里。他闭上眼睛，一咬牙，火焰飘洒而出。在温度极高的蓝色火焰下，不一会儿，欧文的身体化为了一堆蓝色的灰烬。

阿呆蹲在地上，失声痛哭。他一边哭，一边将地上不多的蓝色骨灰盛进小瓷坛里，盖上盖子，又将瓷坛小心地放入包裹之中。他毅然转身，背上两个包袱就跑出门外。

六具尸体仍然倒在原地，阿呆深深地看了一眼自己生活了六年的家，一咬牙，又施展了一个火焰术。

大片蓝色火焰在阿呆的催动下烧上了房顶，顷刻间，小院就变成了一片火海。阿呆脚尖轻挑，将六具尸体挑入火海之中。带着满腔的仇恨和悲戚，他离开了这里。

另一边，席尔正在家里生闷气。阿呆公然拒绝席菲的婚事，让他这个镇长感到很没面子，他心里想着：再怎么说，自己家的菲儿配那个傻小子也是绰绰有余啊！以前怎么没听他说过有未婚妻？真不知道这个欧文大哥是怎么想的，放着这么好的亲事不结。

到现在，席菲还在房里哭个不停，弄得席尔更加心烦。

"砰砰砰！"急促的敲门声响起。席尔心中正烦着，听到敲门声便没好气地喊道："谁啊，敲这么急，催命啊！"

"爸，是我，快开门，出事了！"门外传来的是席中的声音。

席尔心中一惊，快步上前，打开了房门。

席中一脸焦急，喘息着道："爸，您快去看看，出大事了！"

席尔眉头一皱，道："大惊小怪的干什么？咱们这么个小镇，能出什么大事？"

席中急忙道："是欧文叔叔，欧文叔叔家不知道为什么，突然着了大火，我和二弟、三弟打鱼回来正好看到，他们已经去发动镇民救火了。"

席尔大吃一惊，失声道："你说什么？欧文大哥家着火了？快，咱们快去看看！"

等他们赶到欧文家时，大火已经烧到了尾声。在这海边的小镇，海风长年不断，再加上阿呆水平颇高的火焰术，房子早已烧得只剩下断壁残垣。

席尔呆呆地看着眼前的一切，拉过自己正在救火的二儿子席发，问道："人呢？你欧文叔叔和阿呆呢？他们出来没有？"

席发黯然摇头，道："我没看到他们，爸，这已经烧成这样了，如果他们在里面，恐怕……恐怕是凶多吉少了。"

就在席尔一家为欧文和阿呆哀悼之时，另一边的人群中，几双冰冷的眼眸正在观察着这一切。

"副会长，刚才我们已经进去看过了，除了死去的几位兄弟被烧成了枯骨以外，并没有发现冥王和您说的那个小孩儿。"

副会长阴阳怪气的声音中充满了恨意："气死我了，没想到冥王的生命力这么强，中了无二圣水的剧毒仍能使出冥王剑法，早知道当初应该带你们这一队一起来，说什么也要将他收拾了。冥王可能死了，但和他一起的孩子一定还活着。快，你们分散去找，即使是尸体，也要给我带回来。冥王剑一定不能落在别人手里。"

"是，副会长。"几道身影悄悄地消失在人群之中，院子的火也逐渐熄灭了。

"啊——"

阿呆站在木桩上，拼命地劈着一个又一个冲上来的浪头。早在半年以前，欧文就把木桩从中央劈断了，阿呆需要站在那半截木桩上面承受海浪的冲击，借此练习底盘的稳定性。一个个海浪被阿呆手中的天罡剑分到两边，阿呆的身体早已被海水浸透，他使劲地发泄着，可心中的悲伤怎么也无法消退。

"轰——"一个巨浪将已经力竭的阿呆冲入了海中，阿呆没有挣扎，任由一个又一个的巨浪洗涤着身体和心中的怨恨。

"为什么？为什么你们要害死欧文叔叔？为什么？啊——"阿呆仰天悲呼，但除了汹涌澎湃的海浪声，没有人回答他这个问题。

欧文的死深深地刺激了他，他呆滞的脸上多了一分怨恨。十天后，阿呆逐渐从欧文死去的悲伤中走了出来。他吃掉一块干粮，将包袱和天罡剑绑在身上，摸了摸胸口的冥王剑，辨别了方向后，离开了礁石群，朝着西边的红鹿族地界走去。

也许是欧文死时的惨状对阿呆的刺激太大，欧文临死前说的每一句话，他那愚笨的脑子都记得很清楚。那是叔叔最后的吩咐，他无论如何都要按照叔叔的吩咐去做。

阿呆不知道的是，欧文临死前的叮嘱救了他一命，杀手公会的人是在前一天搜索不到他的身影后才离开的。

三天，阿呆终于走到了红飓族边境，但他从家里带出的干粮也全都吃完了。已经整整一天滴水未进的他，此时嘴唇有些干裂，他精神恍惚地进入了眼前的城市。

大街上，随处可见身穿佣兵服饰的人，欧文曾经给阿呆描述过各种职业的装束，他知道红飓族是佣兵公会的发源地，这里聚集着大量佣兵和佣兵团，他的目标是寻找魔法师公会，注册成为魔法师，到那时，他就能有钱来购买食物了。

这座城市很繁华，比起他小时候住的尼诺城要大许多，他没走几步，一股馒头的香味扑面而来，他全身一震，不由得看了过去。

"馒头，卖馒头啦！又香又甜的馒头！两个馒头一铜币，卖馒头啦……"

响亮的叫卖声使阿呆下意识地走了过去。卖馒头的是一个四十多岁的矮胖子，一头红发已经秃得只剩下周围的"铁丝网"了。他每吆喝一声，脸上的肥肉都会颤抖。身前的馒头笼屉不断冒起腾腾热气，显然是刚出锅。

看到阿呆走了过来，这人一脸笑意地道："小兄弟，要买点馒头吃吗？我的馒头可是远近闻名，又香又甜。"

阿呆看着胖乎乎的馒头老板，心中暗想：这人的馒头一定味道不错，要不他也不能吃出如此身段了。

馒头一向是阿呆的最爱，更何况他已经很久没吃过东西了，但是，此时他兜里连一个铜币都没有，又怎么能购买面前的美味呢？

吞了吞口水，阿呆摇了摇头。

馒头老板今天刚开张，还没卖出几个馒头。虽然面前这个有些呆呆的小伙子衣着朴素，但一看他背后的大剑就知道他是一个学武之人。学武的哪个没有钱啊？更何况自己这里只卖馒头。

所以，馒头老板一看到阿呆摇头，立刻急道："怎么？小兄弟，你对我的馒头还不满意吗？买两个吧，才一个铜币而已，馒头当早点最好不过了。要不你先尝一个？这个馒头我不收你钱。"

阿呆一听不收钱，眼睛顿时亮了起来，赶忙点了点头。馒头老板从冒着腾腾热气的笼屉中拿出一个馒头递给阿呆。阿呆双手接过馒头，一口就咬掉了三分之一，他已经有半个月没有吃到这么好吃的馒头了。他狼吞虎咽，几乎只是几秒钟，就将这个馒头吞入了腹中。热腾腾的食物下肚，阿呆顿时精神了不少："大叔，您的馒头真好吃，又软又香，太好吃了！"

馒头店老板一听阿呆夸他的馒头好吃，顿时眉开眼笑，骄傲地道："那是，你打听打听，这附近几条街上，就数我的馒头做得最好。买几个吧，就算不就着菜吃，我的馒头也是非常好吃的。"

阿呆低下了头，黯然道："我……我真的很想吃您的馒头，但……但是，我没有钱。"

胖老板一愣，道："没钱你跑我摊子前干什么？还吃了我一个馒头。我的馒头是给要买的人试吃的，你这算什么？吃白食吗？唉——算了，今天算我倒霉，你快走吧，别妨碍我做生意。"

阿呆低着头向一旁走去，他暗暗想着：等自己有了钱，一定把刚才吃的那个馒头钱还给老板。

"等一下。"身后突然传来馒头店老板的声音。

阿呆心中一惊，难道是老板又想追着他要钱吗？阿呆转过身，看到馒头店老板正用那胖乎乎的手向他挥舞着，示意他过去。阿呆走回馒头店，依然低着头，道："老板，我……我真的没钱，对不起了，等我有钱了，我一定来您这里买馒头。"

馒头店老板仰头看了阿呆一眼，递来一个纸包，叹息道："小伙子，你是外乡人吧，一定是落难到了这里，来，这几个馒头给你，你先吃着。大家都是混口饭吃，不容易，你拿着吧。"

阿呆愣愣地看着馒头店老板，眼圈红了。自从欧文死了以后，眼前这个人是第一个关心自己的人。他那因为欧文的死而有些冰冷的心再次温暖起来，他颤声道："谢谢，谢谢您，老板。您真是好人。"接过馒头，他立刻打开纸包狼吞虎咽地吃了起来，他真是饿坏了。

老板从店里端出一碗热水，道："小兄弟，你慢点吃，别噎着，喝点水。"

不一会儿，阿呆便一口气将纸包中的五个馒头全都吃完了，热水喝到肚子里，体内顿时有了一股暖流。

阿呆精神大振，感激地说道："大叔，谢谢，谢谢您，您真是好人。”

老板眯起小眼睛，笑道：“好人说不上，我当年也曾经落魄过，遇到一个馒头铺，特别想吃里面的馒头，但当时的我和你一样，身无分文。后来，那个好心的老板收留了我，并把女儿嫁给了我，才有了我的今天。咱们也可以算得上有缘了，几个馒头不算什么。小伙子，你这是准备去哪里啊？身上怎么不带钱就出门了？看你背着剑，应该是学武之人吧。”

一提到学武，阿呆不禁想起了死去的欧文，心中一阵黯然：“大叔，谢谢您的馒头，您能告诉我，魔法师公会在哪里吗？”

馒头店老板一听阿呆提到魔法师公会，脸上顿时露出崇敬的神色，道：“魔法师都是本事大的高人，咱们这里是大城市，倒真有个魔法师公会的分会。怎么？你上那里是找人还是找工作？”

阿呆挠了挠头，道：“就算是找工作吧。”填饱了肚子，又得到魔法师公会的消息，阿呆的心情顿时好了许多。

馒头店老板道：“你顺着这条路一直往前走，第二个路口右转，走到头左转，再过一个路口就能看到了，魔法师公会和佣兵公会都在那里。你去那里找工作，恐怕不太好找，我看你还不如去当佣兵呢，现在城里有不少佣兵团都在招人，待遇也挺不错的，一个月怎么也有几个金币的收入。实在不行，你就在我这里打工好了，虽然委屈点，但总能吃饱饭。我老婆在家带孩子，也帮不上我什么忙，这里的一切都要靠我自己来。”

阿呆谢过馒头店老板的好意，然后按照馒头店老板说的方向向魔法师公会走去。欧文叔叔的遗愿，他是一定要完成的，既然叔叔让他去魔法师公会注册成为魔法师，那就一定是有道理的。

拐过几个弯，阿呆来到一条大路上。路上行人很多，在这里，随处可见身上带着兵器，身穿轻铠，胸口戴有佣兵团徽章的人。没走多远，一幢高大的房子出现在阿呆眼前。房子屋顶上有一个巨大的标志，标志上刻有一面盾牌和两柄长剑，标志的下方有四个醒目的大字——佣兵公会。不断有人进进出出，看上去热闹非凡。

阿呆好奇地朝里面看了几眼，刚要向前走，突然有一个佣兵打扮的人向他走来。此人比阿呆还要高一些，一头蓬松的红色短发，身穿一套棕色皮铠，腰悬长剑，胸口的佣兵标志是一个红发狮子头图案，看上去甚是彪悍。

"这位小兄弟，请留步。"大汉拦在阿呆身前。

阿呆一愣，道："我？你有事吗？"

大汉哈哈一笑，道："小兄弟，看你的装束，一定是习武之人了，是不是想加入佣兵团啊？我们红狮佣兵团在城里可是很有名气的，加入我们吧，基本上每月都有三个金币的工资，如果以后你的佣兵等级提升了，工资还会相应增加，而且，每次执行任务都有一定的分成。这可是最好的待遇了。"

大汉说得很快，阿呆有些没明白他的意思，摇了摇头，道："我……我不想做佣兵。"

大汉一愣，皱着眉说道："什么，不会吧？虽然看你不像本地人，但到我们这里来的年轻武士，哪个不是想做佣兵混出点样儿来？小伙子，这么好的机会，你如果不把握住，以后会后悔的。"

阿呆依旧摇头，说道："对不起，我真的不想做佣兵。请您让开吧。"

大汉哼了一声，道："没出息的小子。"说完，他转身向佣兵公会走去。

阿呆不禁纳闷，不加入佣兵团就是没出息吗？算了，先不管了，还是到了魔法师公会再说吧。想到这里，他快步向前走去。

魔法师公会同样是一座高大的房子，挨在佣兵公会的房子一起，但明显冷清许多，很少有人从里面进出。阿呆刚要过去，身后传来一个声音："等一下，小兄弟。"

阿呆回头一看，又是刚才那个红发大汉，他身边还跟了一人，此人身高一米八左右，看上去四十多岁，面白无须，黑发黑眸，眼中光芒闪烁，气度沉凝，背上背着一把和阿呆的天罡剑同样的天罡大剑。

阿呆愣愣地站在那里，看着两人走到身前。红发大汉道："小兄弟，这位是我们红狮佣兵团的副团长，应该是你的师门长辈吧。"

阿呆一惊，师门长辈？看看对方肩头露出的剑柄，阿呆顿时想起欧文的话，恍然想到眼前这个副团长一定就是天罡剑派的人了。叔叔说过，遇到天罡剑派的人，一定要礼让。想到这里，他赶忙行礼道："这位大叔，您好。"

黑发中年人微微一笑，道："小兄弟，不知你是哪位师兄门下？我叫封平，在辈分上应该是你的师叔。"

师叔？

阿呆摇了摇头，说道："我……我没有师傅，只有老师。"

封平心中一乐，想道：这个傻小子，一定是没见过世面，刚进入天元大陆闯荡。

他和声问道："那你的老师叫什么名字？"

阿呆犹豫了一下，道："我……我不能说。"

欧文叔叔叮嘱过他，出门在外一定要小心，不能随便透露太多。欧文叔叔的名字肯定是不能说的，哥里斯老师的名字就更不能告诉他了。

第 15 章
魔法测试

封平以为阿呆是避讳说出自己老师的名讳，也没在意，笑道："还是个尊师重道的小子，不错，不愧是我天罡门下的。来，咱们找个地方好好谈谈。"说着，他拉住阿呆的胳膊就走。

阿呆本不想和他去，但欧文嘱咐过他不能对天罡剑派的人无礼，无奈之下，他只好让封平拉着，向佣兵公会走去。

佣兵公会后面有一个很大的演武场，平常一些没有任务的佣兵都会在这里练习武技。今天场地中正有不少人在练习，他们见到封平，多数都会叫上一声"封大哥"或"封团长"。

封平一一和众人打过招呼后，拉着阿呆走到演武场中央，道："好了，就在这里吧。"

封平反手抽出背后的大剑，微笑着道："既然你不能说出自己老师的名讳，就让师叔猜猜好了。只要试几招你的天罡剑法，我一定能猜出你是哪位师兄的弟子。"

阿呆傻傻地站在那里，不知道如何是好，刚进入社会的他就像初生的婴儿，什么都不懂。

封平道："出剑啊！让师叔指点你几招。"说着，他双手握剑，淡淡的白光从剑尖吞吐而出，正是生生斗气。

看到封平使出生生斗气，阿呆心中生出一种莫名的亲切感，仿佛欧文叔叔又活过来了，要和他过招。既然叔叔说自己是天罡剑派的人，那面前这人应该是自己的师叔没错吧。于是，阿呆反手抽出自己的天罡剑，恭敬地说道："师叔，请您指教。"

欧文用树枝指点他的情景不断地在脑中闪现，他眼睛微红，双手高举天罡剑，大喝一声，生生斗气澎湃而出，带着一缕白光，就像平常劈斩海浪那样，骤然下挥，那一往无前的气势顿时让跟来的红发大汉后退了几步。

封平眼中一亮，大喝道："好气势！"他双手反握阔剑，骤然上撩，正好接在阿呆的剑锋上。

阿呆感觉到自己体内的生生真气像海浪一样滚滚而出，白色的斗气顿时产生出淡淡的波纹。

"当"的一声，两柄天罡阔剑在空中相撞，反震力传来，阿呆不由得后退一步，他感觉面前这个师叔的功力似乎不如欧文叔叔。

封平连续退出三步才站稳身形，心中大骇。阿呆剑上蕴含的正是天罡剑派引以为豪的生生斗气，但是和自己不同的是，面前这个孩子劈出的一剑竟然能同时发出三股斗气，而且强度丝毫不在自己之下，这小子的功力似乎犹在自己之上。

据他所知，可没有哪位师兄能调教出如此出色的弟子。他以退为进，全身斗气迸发，身化长虹，骤然扑向阿呆。正是天罡剑法中的一招长虹贯日。

刚才的一招对碰让阿呆信心大增，他再次大喝一声，同样劈出一剑，用的仍然是自己学的天罡剑法中最简单的劈斩。

封平眼看着阿呆的天罡剑劈上自己的剑，却苦于无法变招。不知道为什么，他感觉阿呆的这一剑似乎封死了自己周围的所有方向，只剩硬拼一途。

"铛——"又是一声轻响，阿呆再次后退一步，但也同时化解了封平的招式。他们的交手顿时引来不少看热闹的佣兵，这些佣兵的等级都比较低，功夫也不高，只会看热闹叫好。

封平双脚落地，气息有些不匀，他遣散周围的佣兵，把阿呆拉到一旁，夸赞道："好剑法，小子，你肯定是咱们剑派第四代中的佼佼者了。快告诉我，你这些招式都是我哪位师兄教你的？"

阿呆把天罡剑插回背后的大皮囊中，他那迟钝的脑子想了想，道："我……我也不知道老师的名字，他只是教我剑法而已。"

封平道："那你告诉我，你的老师现在在哪里？"

在封平想来，功夫比较高深的几位师兄都在派中潜修，只要面前这傻小子说出老师在哪里，他一定能猜出是哪位师兄。

阿呆眼圈一红，道："我的老师，他……他已经死了。"想到欧文的死，阿呆不由得悲从心来，泪水流了下来。

封平心中大惊，失声道："你说什么？"他不断地问着阿呆问题，阿呆无奈之下，只得把欧文的形貌描述了一遍。

可无论封平怎么琢磨，也想不出这死去的师兄弟是谁，他暗想：看来只能等回山后，再去问师傅了。

"你的老师是怎么死的？"封平又问了一句。

阿呆知道自己不能回答这个问题，犹豫了半天，才说道："他是被一群黑衣人杀死的。我也不知道为什么，老师临死之前，让我到天元大陆流浪，我就走到了这里。"

封平拍拍阿呆的肩膀，道："好了，你也别难过了。这样吧，过几天你跟我回山，我带你去见太师祖，他一定会替你老师主持公道的。"

阿呆一愣，想道，难道叔叔的师傅还有师傅吗？但他没敢问，道："师叔，我……我现在还不能和您回山，老师临死前有所嘱托，等我把事情办完了，再跟您回去吧。"

他现在最想做的，一个是注册成为魔法师，而另一个，就是赶快回到迷幻之森去见自己的老师哥里斯。如果跟封平去天罡剑派的话，必然会耽误不少时间。

封平皱着眉道："什么事这么急，非要立刻去做？"

阿呆低着头道："师叔，您就别难为我了，都是老师的一些私事，他临死前特意叮嘱过我，让我必须尽快去做。"

封平叹了口气，道："那好吧，你跟我来。"

说着，封平带着阿呆走进佣兵公会后面的一个小房间。

封平所在的红狮佣兵团是一级佣兵团，在天元大陆也算得上小有名气，他本来是想拉阿呆入团的，但看到他现在的样子，也只得打消这个念头。

封平从柜子里拿出一个小布袋，递给阿呆，道："拿着路上用，等你办完你老师嘱托的事，就回这里找我，我一般都在这里，即使不在，用不了多久也肯定会回来。那时，我再带你回山吧。路上小心些，现在天元大陆上并不太平。"

阿呆拿着沉甸甸的布袋，当过小偷的他只需要触摸，就知道这是一袋子钱："师叔，谢谢您，可是，我怎么能要您的钱呢？"

封平脸一沉，道："跟师叔还客气什么，咱们都是一家人，互相帮助是应该的。对了，阿呆，你没有大名吗？"

阿呆摇了摇头，道："从我有记忆以来，我一直就叫阿呆。"

封平叹息道："你小时候一定受了不少苦吧。阿呆，刚才我虽然只和你交手两招，但感觉你的生生斗气并不弱于我，你现在练到第几重了？似乎在生生不息的要诀上，你做得比我还要好。"

阿呆挠了挠头，道："我的生生决修炼到了第四重，应该快到第五重了吧。"

封平心中一惊，他也是去年才将生生决修炼到第五重的，眼前这孩子看上去傻傻的，怎么会进步得这么快呢？要知道，生生决在过了第三重以后，每上升一重都非常困难，他师傅那辈的人也只有一两个将生生决修炼到了第八重，最高的第九重，只有师祖才能达到，自己像面前这小子这么大的时候，还只是刚刚进入第三重的境界而已，当时师傅就已经很满意了。

封平道："第四重已经很不错了。你要好好努力，今后一定能光大咱们天罡剑派的门楣。"

阿呆点头道："师叔，我一定会的。"他早已想好，等找到哥里斯老师以后，就好好修炼几年。

封平道："既然你还有很多事要忙，那我就不留你了，以后有机会咱们再一起叙旧。"封平一直将阿呆送出佣兵公会，才停下脚步。在他关切的注视下，阿呆没敢直接去魔法师公会，而是一直走出老远，拐过一个弯待了半天，才又折了回来。这并不是因为阿呆聪明了，而是因为他本能地觉得让封平看到自己进魔法师公会有些不妥。

"小子，你走错地方了吧。"突然，一个低沉的声音响起。阿呆刚走进魔法师公会的大门，心中还在想着热情的师叔说的话，闻言吓了一跳。

他四周看看，只见大堂正中的地面上画着一个巨大的魔法六芒星，正面的墙壁上有一块巨大的白色木板，上面写着几十个名字，由上到下，最上面的称号是魔导士，后面没有名字，但写着空缺两个字；下面是大魔法师，其后有一个名字；再接着分别是高级魔法师、中级魔法师和初级魔法师，初级魔法师后面跟的名字最多。

木牌下方有一个柜台，整个大堂之中，只在柜台后面坐着一个穿着黄色魔法袍的老人，刚才的声音，显然就是这位老魔法师发出来的。

阿呆挠了挠头，试探着向老魔法师问道："这里……这里不是魔法师公会吗？"

老魔法师依然坐在那里，道："不错，这里就是魔法师公会，你请回吧，我们这里没有魔法师愿意去当佣兵。"

阿呆一愣，面前这位老魔法师显然是把他当成佣兵团的人了。阿呆急忙摇手道："不、不，我不是佣兵，我是来注册魔法师的。"他终于找到魔法师公会了，不知道自己穿上魔法袍会是个什么样子。

老魔法师一愣，道："你不是开玩笑吧，武士也有学习魔法的吗？真是少见。"

阿呆眨了眨眼睛，道："武士为什么不能学习魔法？而且我确实是魔法师啊！叔叔说我怎么也有初级魔法师的水平了。"

老魔法师皱了皱眉，暗想：眼前这个武士装束的小子看样子不像是在开玩笑，不过他既然背后背着天罡剑派的阔剑，应该功夫不弱才对啊！怎么可能会学习魔法呢？魔法可不是谁都可以学的，必须有很高的天赋才行。想自己练了这么多年，也只是个土系初级魔法师而已，由于没有贵族头衔，只能在这里看门。看面前这小子傻头傻脑的，怎么也不会强过自己吧。

老魔法师朝阿呆招了招手，道："你过来。"

阿呆上前几步，走到老魔法师身前。老魔法师仔细打量了他几眼，道："我怎么看都觉得你像一个武士，不过既然你愿意接受测试，那就先把测试费交了吧。如果你通过了测试，测试费会还给你。如果通不过，钱自然就归公会所有了。"

阿呆一愣，失声道："测试还要钱吗？我怎么没听叔叔说过？多少钱？"

老魔法师伸出五个手指，在身前晃了一下，道："不多，五个金币而已。"

五个金币，阿呆掰着手指头算了起来，一个金币是十个银币，也是一百个铜币，一个铜币可以买两个馒头，那五个金币就可以买一千个馒头啦！一千个馒头啊，都够自己吃几个月的了。他不禁有些结巴地说道："大叔，能……能不能少点？"

老魔法师不屑地哼了一声，道："少？怎么少？这是有规定的，如果没钱，你就赶快走吧，等什么时候凑够钱了再来测试。"

阿呆摸了摸刚才封平给他的钱袋，一咬牙，把钱袋拿了出来，如果袋子里是银币就好了，应该能勉强凑够五个金币吧。他将钱袋放在桌子上，解开上面的绳扣，又看了老魔法师一眼，打开了钱袋。钱袋一打开，阿呆和老魔法师都愣住了，因为钱袋里面装着满满一袋子金币，其中还有七八个是紫色的紫晶币。

老魔法师不禁说道："看你这一身打扮挺寒酸的，没想到这么有钱。"

阿呆并不在乎钱的多少，只要能让他参加魔法测试，当上魔法师，完成欧文叔叔的心愿他就满足了。于是，阿呆拿出五个金币递给老魔法师，道："现在我可以接受测试了吗？"

老魔法师哼了一声，道："好了，你在这里等一下吧。"说着，他从旁边的一个小门处走向后堂。

不一会儿，老魔法师和一名蓝袍魔法师走了出来，道："分会长，就是他，您看他一身武士装束，怎么可能是魔法师呢？"

蓝袍魔法师看上去只有四五十岁左右，闻言瞪了老魔法师一眼，道："老黄，你现在可是越来越放肆了，虽然我们魔法师是高贵的职业，但你也不能如此对待外人啊！要是让别的分会知道我们败坏魔法师的声誉，我们就有大麻烦了。你是不是不想守门了？"

老魔法师赶忙赔笑道："不、不，分会长，我错了，我保证下不为例。"

蓝袍魔法师满意地点了点头，向阿呆走来，阿呆清楚地感觉到，面前这个身穿蓝色魔法袍的魔法师身上有着很强的精神波动。蓝袍魔法师和蔼地说道："小伙子，是你要接受魔法师测试吗？"

阿呆点了点头，道："是啊，我已经交过钱了，是不是现在就可以开始了？"有了封平给他的钱，他想赶快完成这里的事，去馒头店将钱还给馒头店老板。人家对他那么好，他心里总觉得亏欠了人家。

蓝袍魔法师微微一笑，把手伸到阿呆面前，道："这五个金币，你先拿回去。"

阿呆一愣，急道："我……我真的是魔法师啊！我不要钱，您快测试吧。"

蓝袍魔法师微笑起来，指着老魔法师道："小伙子，我替他刚才的举动向你道歉，我们进行魔法师测试是不收任何费用的，他刚才看你不像魔法师，才故意刁难你。钱还给你，我会立刻给你进行魔法测试。"

阿呆这才接过蓝袍魔法师手中的金币，小心地将其装回钱袋，没等他催，蓝袍魔法师就道："你跟我来吧。"在蓝袍魔法师的带领下，两人进入了后堂。

后堂是一间正方形的屋子，一进来，阿呆就感觉四周的墙壁和顶棚都有着很强的魔法波动。

看出阿呆心中的疑惑，蓝袍魔法师道："因为这里是用来测试的，所以墙壁中都施加了防御结界，待会儿你可以尽情施为，不必顾虑。我叫基格，是这个城市的魔法师公会分会长。好了，你可以开始了。"

阿呆一愣，开始？开始干什么？第一次来到魔法师公会的他，又怎么知道该如何进行魔法测试呢？他开口问道："基格大叔，我……我怎么开始？"

基格微微皱眉，他是这座城市中唯一的大魔法师，平常大家见到他，都会尊称一声大魔法师先生，可面前这小子竟然叫自己大叔，他不禁心中有些别扭。不过一向豁达的他自然不会和一个年轻人计较，他淡然道："你只要将你最擅长的、威力最大的魔法使出来就行了，你是什么系的魔法师，就使什么魔法。"

"哦。"阿呆应了一声，自己最擅长威力又最大的，那应该是火流星了。

他回想了一下咒语，刚要念咒，却发现基格仍然站在面前，他善意地说道："基格大叔，您能躲开点吗？我怕魔法会伤到您。"

基格微微一笑，道："你的魔法是不可能伤害到我的，放心施展吧。"在他想来，以阿呆这个年纪，最多也不过就是个初级魔法师而已。

就在阿呆准备接受魔法师等级测试的同时，封平在佣兵公会后悔不已，他在房间里不断踱步，自言自语道："我真是笨啊！怎么能让阿呆那小子走了呢？师兄弟去世在派里是大事，怎么也要先回去交代才行，唉，我真是笨死了！不行，我必须立刻赶回去向师祖汇报，否则师门以后追究起来，我的责任就大了。阿呆已经走了一会儿，算了，没工夫找他了，我还是先回去报告吧。"

想到这里，封平简单收拾了一下行李，交代了手下几句，便骑了一匹快马飞速朝城门方向奔去。

魔法师公会后堂。

阿呆吟唱道："充斥在天地间的火元素啊！请赐予我燃烧的力量，以我之名，借汝之力，出现吧，灼热的火焰。"说完，"哧哧"两声，两道深蓝色的火焰顿时出现在阿呆的掌心。

基格吓了一跳，能够释放出蓝色火焰，证明施法的魔法师已经达到了中级以上的水平。他不敢大意，赶忙念动咒语，在身前施放出一个水之守护。随着咒语的吟唱，一层淡蓝色的波纹出现在他面前，阿呆的火焰术顿时被阻挡在外。

可是，阿呆的魔法并没有结束，他双手缓缓向中央合拢，高声吟唱道："升腾吧，火焰之球。"

在阿呆惊人的精神力的作用下，蓝色的火焰上不断凝结出一个个直径三厘米左右的小火球，这些火球飘浮在空中，阿呆眼中光芒一闪而逝，大片的蓝色火球铺天盖地地冲向基格。

基格称赞道："好，威力不错的火流星！水之守护，以汝之名，借天地之水元素，凝结吧——冰壁。"

在咒语的作用下，顷刻之间，基格面前凝结出一层厚厚白色的坚冰。

蓝色的火球不断冲击着阿呆面前的冰壁，每个火球都在冰壁上留下了深深的痕迹。

基格原本以为阿呆施展的火流星也就是一拨攻击的威力，可他没想到，火球源源不绝，无休止地不断轰击着，不一会儿，冰壁上竟然出现了一道道裂痕，随之崩裂了。无奈之下，基格只得后退两步，又施展出一个冰壁。

阿呆并不是不想停止火流星，他心中焦急万分，魔法力在飞快地消逝着。眼前的冰壁挡住了他所有的攻击，他只能不断控制火流星。在他想来，自己必须攻破基格的防御才算过关。

阿呆成功冲破了两道冰壁，在基格施展第三个冰壁时，魔法力终于耗尽了。他脸色一阵苍白，手中的蓝色火焰逐渐熄灭，全身一软，强烈的疲倦感使他不由得停了下来，开始喘息。

阿呆的心里异常难过，为什么？为什么我连初级魔法测试都通不过呢？

基格感到很惊讶，虽然刚刚阿呆施展火球耗尽了魔法力，但他抵挡得也不是很轻松，当然，这和他只防御是有关系的。

收回冰壁，基格走到阿呆面前，赞叹道："小伙子，你真不错，小小年纪就有如此魔法力，前途不可限量啊！以你的魔法力，为什么不使出更大的魔法呢？火流星虽然会随着魔法力的增强而增强，但这毕竟只是初中级的魔法，始终无法发挥出太大的威力。"

阿呆低着头，道："我……我就只会用火流星，这是我最擅长的魔法了。我……我先走了。"说完，他扭头向外走去。

基格赶忙叫住了阿呆，惊讶地问道："你还没有领取魔法师的徽章和月俸，干什么这么着急走？"

阿呆一愣，指着自己的鼻子问道："我没通过测试也可以领取魔法徽章吗？"

基格这才明白，原来面前这个天赋不错的傻小子竟然以为自己没有通过测试。他微微一笑，道："孩子，你表现得已经很好了，你的魔法水平完全达到了中级魔法师的程度，如果你会更大一点的魔法，说不定连高级魔法师的水平也能达到。回去以后，多向你的老师请教吧，希望下回你再来测试的时候，能通过高级魔法师的测试。小伙子，像你这个年龄，除了廷职人员以外，真是很少有人能达到如此水平。"

阿呆心中大喜过望，道："您是说，我已经通过了初级魔法师的认证？"

基格道："不，你是通过了中级魔法师的认证。你等一下，我去拿登记表，给你登记以后，你就正式成为一名中级魔法师了。"

阿呆惊喜地道："谢谢，谢谢您，基格大叔。"

基格皱着眉说道："以后不要叫我基格大叔，要叫我基格大魔法师。"

通过了魔法测试，阿呆心中欣喜万分，他终于完成了欧文的一个心愿："是，是，谢谢您，基格大魔法师。"

基格微微一笑，走到后面的墙壁处，念了几句短短的咒语，蓝色的光芒闪过，一道小门出现，在阿呆惊讶的注视下，基格打开门走了进去。

阿呆羡慕地想：基格大魔法师的魔法水平真是高深啊，不知道哥里斯老师有没有这种实力。回到老师那里后，自己一定要好好跟他学习魔法。

在阿呆心里，绚丽的魔法要比枯燥的武技有意思得多。阿呆正想着，后堂通向前面大堂的门突然开了，老魔法师一脸慌张地跑了进来，看了阿呆一眼，问道："小伙子，分会长呢？"

阿呆老实地答道："他说我通过了测试，去取表格了。"

老魔法师一愣，有些嫉妒地道："没想到你真的能通过测试。年轻人就是不务实，学武技又学魔法，小心最后什么都没学好。"

阿呆赶忙点头道："是啊，我叔叔以前也这么跟我说过，谢谢您的教诲。"

阿呆如此客气，反而让老魔法师有些尴尬了，他咳嗽两声，没再说什么。

"怎么这么慢啊？你们魔法师公会的效率都这么低吗？"突然，一个银铃般的声音从大堂方向传来。

门开了，阿呆觉得自己眼前一亮，似乎整个后堂都因为进来的这个人而亮了起来。

那是一个看上去比较精致的小姑娘，宛如天使一样站在那里。她淡蓝色的长发在头上被梳成两条辫子，身高一米六左右，一身白色的衣裙纤尘不染，白皙的脸上挂着两个浅浅的酒窝，一双灵动的蓝色大眼睛看上去极为诱人，脸上带着一层薄怒。她一手叉在小蛮腰上，另一只手舞弄着一支长仅一尺的小型魔法杖，不满地看着老魔法师。魔法杖因为她的舞弄而无法看清样式，但阿呆隐隐觉得那肯定不是一般的魔法杖。最为奇特的是，小姑娘身上透出一股淡淡的神圣气息，衬托得她如同仙女。

阿呆看得眼睛都直了，他什么时候见过如此清丽脱俗的美女啊，席菲和眼前的女子比起来，简直是萤火之于皓月。

他那呆直的目光顿时被这名女子察觉到了，她怒哼一声，用魔法杖指着阿呆的鼻子，说道："傻大个儿，你看什么看？没见过美女啊！"

阿呆满脸通红，赶紧低下了头，暗想：这姑娘虽然很好看，但脾气太暴躁了，比席菲还要厉害许多，还是丫头对自己最好。

老魔法师赔笑道："小姑奶奶，你还是在前面等吧，分会长去取东西了，很快就回来。"

这名女子噘起小嘴道："不，我就在这里等他，你快把他给我找来，你们办事的效率也太低了，如果不是本小姐等着用钱，我才不会来这种鬼地方呢。"

正在这时，基格终于从墙上的门中走了出来，他手中拿了一堆东西，一看到眼前的情形，不由得一愣，看了看气呼呼的小姑娘，冲老魔法师道："老黄，这是怎么回事？"

老魔法师看到基格，明显松了一口气，苦笑道："今天不知道是什么日子，平常往往一个月都没有一个人来进行魔法测试，可今天一下就来了两个。这不，这位小姐也要进行魔法测试。您来吧，我去前面守着了。"说完，他匆忙走了出去。

基格将手中的东西交到阿呆手上，道："小伙子，你现在只有等一下了，等我给这位姑娘测试完，再给你登记。"

（本册完）

更多精彩，尽在《善良的阿呆 典藏版2》！